走近龚全珍

Zoujin GONGQUANZHEN

彭霖山　著

江西人民出版社　全国百佳出版社

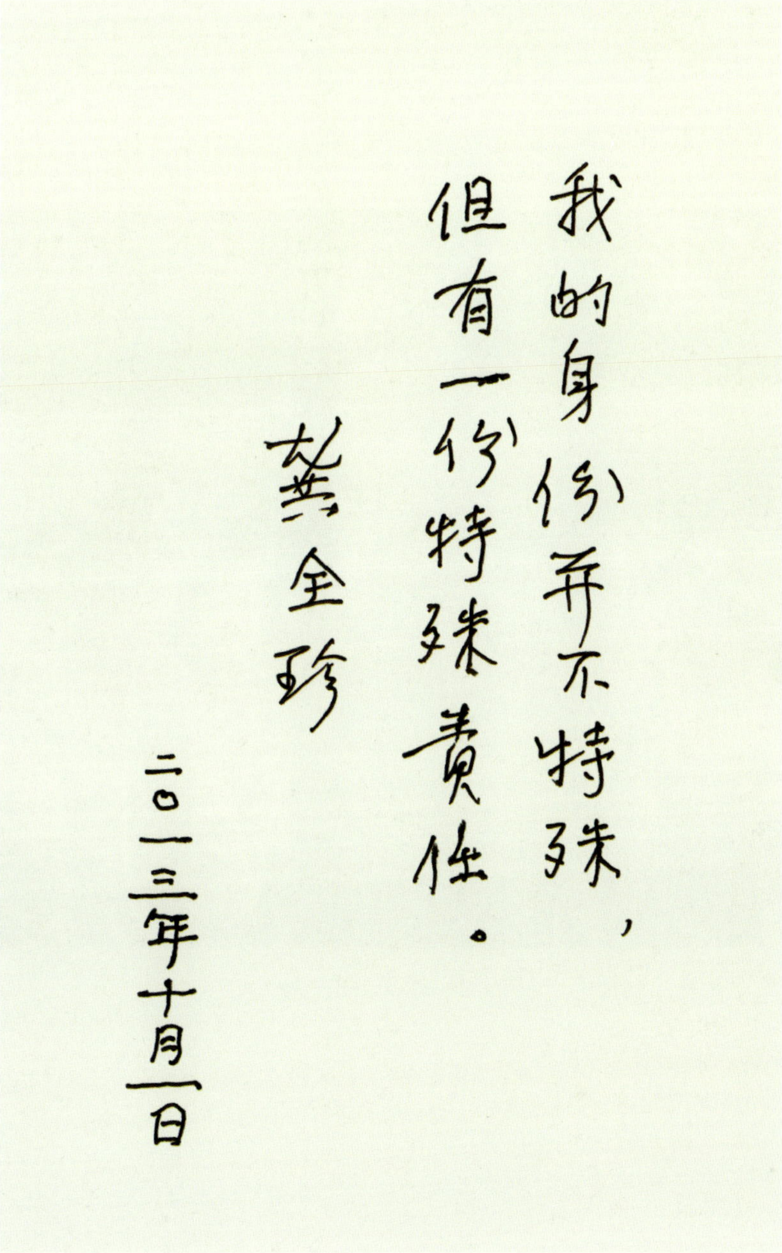
我的身份并不特殊，
但有一份特殊责任。
龚全珍
二〇一三年十月一日

龚全珍同志为本书题辞

龚全珍与小学生在一起

龚全珍在写日记

龚全珍与4个女儿合影

前　言

她是平凡的，她是一位典型的中国式贤妻良母。

她是不平凡的，她大爱无垠，谱写了可歌可泣的人生交响曲。

她是一位耄耋老人，一位堪称时代典范的优秀共产党员。

56年前，正值青春年华的她，毅然告别大城市，伴随着解甲归田的丈夫甘祖昌将军，来到赣西一个偏僻、落后、贫穷的山村，为改变家乡一穷二白的旧貌，夫妇俩与农民群众同甘共苦、艰苦奋斗，像蜡烛一样，默默地燃烧自己，照亮山村。

将军当农民，她在山区执教鞭，伉俪俩在小村落中相濡以沫几十载，她的人生观和价值观逐渐和将军融为一体。他们牢记党的宗旨，全心全意，务实为民，鞠躬尽瘁，赤诚奉献，艰苦奋斗，甘于平凡，淡泊名利，体现了共产党员的本色和情怀。

她就是共产党员龚全珍。

她就是全国道德模范龚全珍。

她就是中央领导同志号召大家学习的龚全珍同志！

"我的身份并不特殊，但我有一份特殊的责任。"这是龚全珍同志的名言。甘祖昌将军去世后，她牢记丈夫的嘱托，坚定自己的信仰，继承将军的遗志，弘扬将军的精神，数十年如一日，情怀不变，本色不改，始终不显山不露水，默默奉献，成为人民群众的贴心人。她乐善好施，扶贫助学，情系民众，播撒爱心……年过90多岁，依然老骥伏枥，壮心不已。

龚全珍老人的事迹，忠实地记录了她跟党走忠诚于党的事业的心路历程。也许，她没有太多的传奇，但信手拈来的生活细节，无不感人肺腑，给人正能量，振奋人心。翻开她的生活故事，你读到的，一定是她的坚定的人生信念，不变的为民情怀，艰苦朴素的奋斗精神，以及清正廉洁的正气之歌。她关心群众，忧民疾苦，为民解难，大爱无私；她求真务实，作风正派，本色为人，光明磊落；她的所思所想，所作所为，点点滴滴，无不体现了一个共产党员的高风亮节和革命情操，震撼人心。

当龚全珍的名字和事迹经媒体介绍，传遍全国后，无数人被她的故事感动了。龚全珍却十分淡定，她吟诵着自己最喜爱的一首词："……俏也不争春，只把春来报。待到山花烂漫时，她在丛中笑。"

这位令人无限敬佩的巾帼英雄，一生究竟演绎了多少传奇？不看不知道，开卷全明了。请读长篇报告文学《走近龚全珍》！

向龚全珍同志学习！

向龚全珍同志致敬！

目录

1

肝胆相照结丝萝

战士自有战士的爱情:忠贞不渝,新美如画!

1949年冬天的新疆,千里冰封,万里雪飘,放眼望去,惟余莽莽。皑皑白雪中,中国人民解放军的车队铁流滚滚,正在向新疆挺进,一杆杆鲜艳的五星红旗迎风飘扬,一首首“向前、向前……”的嘹亮战歌直冲霄汉,激励士气,昂扬向上……

雪里行军情更迫,就在这支龙腾虎跃的队伍中,活跃着一群朝气蓬勃的女战士,其中有一位身材苗条可爱的女战士似乎显得更加阳光活泼,沿途不时地挥舞双手打着拍子,领着战友们拉歌比赛。她,就是4年以后成为新疆军区后勤部部长甘祖昌夫人的龚全珍。

龚全珍是山东烟台市人,1923年出生在一个贫困家庭,父亲是电报局的报务员,母亲是家庭妇女。父母共生育了12个孩子,带活了11个,龚全珍排行老六。虽然家境不很宽裕,但孩子们都挺争气,读书用功,勤奋上进。龚全珍的大哥和二哥,跟随大姐夫到浙江宁波上了高中,三哥在烟台一所中学念初二。

1937年,日本帝国主义发动全面侵华战争。不久,日寇用刺刀将烟台划入了他们所谓的“大东亚共荣圈”,三哥在爱国精神的强烈感召下,毅然投笔从戎,参加八路军。当时龚全珍还在上小学五年级,听说三哥要去投奔八路军打日本鬼子，便紧紧缠住三哥不放："三哥，带我一块上去吧！我不当亡国奴，我要上前线！"

三哥被妹妹的爱国精神深深打动，却只能耐心地解释道："全珍，你年龄还小，书也读得比我少，目前还轮不上你上抗日前线，好妹妹，听哥哥的话，过两年吧！"

龚全珍急了，跟三哥较上了劲："哥，年龄小怎么啦？秤砣虽小压千斤哩！杨排风是天波府的烧火丫头，年纪小吧，可人家上阵就打了胜仗，擒获了贼寇，是啵？"

三哥还真让她的话堵住了，为了脱身，只好施了个缓兵之计："这样吧，等三哥找到了八路军以后，我再来接你，如何？"

龚全珍半信半疑："真的？说话要算话呀！"

三哥郑重地点了点头："三个月后我一定来接你！"

龚全珍相信了。然而，三个月过去后，三哥并没有来接她，反而失去了音讯。过了两年，龚全珍还是没有听到三哥的消息。就在这时，刚进入花甲之年的父亲突然一场大病与世长辞了。龚全珍十分悲痛。父亲一走全家的重担就落在母亲的身上。她决定辍学打工。可这时，山河破碎，她一个女孩子又能到哪里去找事做呢？就在这左右为难之际，在宁波念书的大哥和二哥因为宁波沦陷，也匆匆回归烟台。大哥回来后找了份事做，分担了母亲的负担。夜漫漫，路茫茫，何处是自己的归宿呢？龚全珍考虑来，考虑去，最后决定还是去寻找三哥，投奔八路军。然而，千里迢迢，盘缠何来？于是龚全珍又托人在乡下找了份教书的职业，争取能攒足钱再出发。

半年后，龚全珍听说山东有许多知识青年、流亡学生奔安徽去了。那里有一所国立二十二中学校，流亡学生都在那里就读。不仅免费，还管伙食。龚全珍于是给家里留下一封书信后，当即邀上了两个女老师结伴而去，在那里插入了高中一年级继续读书。谁知只读了1年，学校老师因为领不到工资而罢课，学校办不下去了。龚全珍大失所望，只好和一个要好的女同学商议，准备投奔到河南省淅川县国立第一中学，在那里继续上高中。谁知日寇的铁蹄不久又踏进了河南，学校被迫西迁，搬到了陕西城固，和城固中学合并。龚全珍好不容易上完了高三，毕业以后路又在何方呢？龚全珍很想上大学。她打听到，刚好就在离这所学校不远的地方就有一所西北大学，里面还有个公费班教育系专业。这真是天遂人愿，龚全珍满怀信心地报考了西北大学，而且一举中榜。拿到录取通知书，她高兴得蹦跳起来！

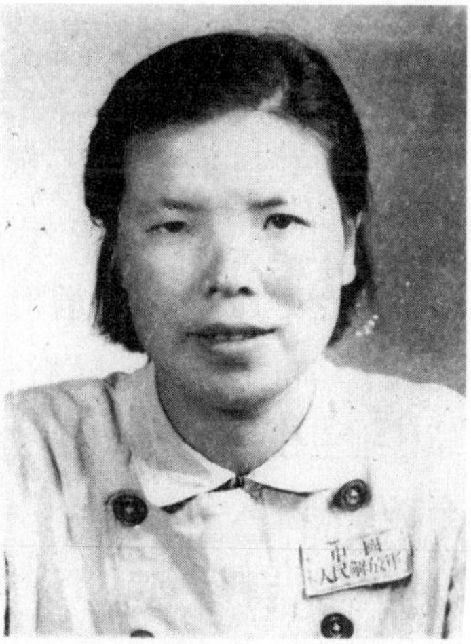

龚全珍大学毕业后参加中国人民解放军时的留影。

然而，许多事情的发展往往不是一帆风顺的。龚全珍没有想到，一个人生的沟坎接踵而来。

当她拿着录取通知书，兴冲冲地赶到西北大学教育系报到时，校方通知她，入学的新生一定要有2名学校的老师担保。

后来，龚全珍在一位姓赵的同学帮助下，几经辗转曲折，才艰难地进入了这所学校。

1945年8月15日，日本宣布无条件投降了，中国的抗日战争取得了胜利。西北大学重新搬回了西安。1949年5月下旬，西安解放了。学校成了军营，学生除了学习业务知识，还学习革命传统和革命理论。她终于以坚强的毅力完成了4年的学业，而且思想觉悟有了很大的提高。认识到妇女要自我解放，不能听天由命，于是，龚全珍加入了革命队伍，加入了中国共产党。1949年下半年，她报名参军了，开始随部队进驻新疆。

就这样，龚全珍抱着对新生活的向往，随着解放军部队来到了新疆，进入了乌鲁木齐市。随后分配在军区子弟学校当教师，并担任了学校教导处副主任。这是一所小学到高中的学校。龚全珍十分热爱这所学校，全身心地投入了工作。

1953年的一天上午，校长李平通知她，下午军区后勤部长甘祖昌同志会到学校来了解有关军区家属子弟的学习和生活情况，让她接待和汇报。龚全珍一听是位大首长来，心情有些紧张，立即着手做好一切准备。下午，这位后勤部长还真按时出现在龚全珍面前，是一位高个子、体形偏瘦的军人。双方坐下来以后，尽管这位后勤部长笑容可掬，和蔼可亲，但龚全珍还是感到惶恐，目光不敢接触对方，只管低着头，翻开自己的笔记本，一五一十地汇报起来。甘祖昌听得很仔细，时不时地插话，以缓解龚全珍的紧张情绪。

汇报完毕后，龚全珍如释重负地松了一口气，便不再吭声了。甘祖昌似乎也找不到其他词儿，便起身告辞了。

甘祖昌走后，校长李平将她拉到一边，问道："你看甘部长这个人怎么样？"

龚全珍茫然道："什么怎么样？"

李平只好直说了："甘部长是个老革命，参加过长征的老同志，思想很纯正，我受王震司令员之托为你们牵线搭桥，不知道你能不能认真考虑下？"

龚全珍顿时大吃一惊，慌了手脚，急忙推脱：“不不不，人家是个大首长，我是个普通教师，高攀不上！”

李平继续做她的思想工作，龚全珍还是有些犹豫。

李平叹了口气：“看来你们还得相互再沟通沟通！”

几天以后，甘祖昌又来到了学校，与龚全珍单独叙谈。

甘祖昌坦诚地向龚全珍介绍了自己的经历和婚姻史。年轻时与比自己大5岁的童养媳结婚生育了一个儿子。后来，他参加红军长征了，妻子便被当地反动势力逼迫改了嫁。后来甘祖昌给自己的择偶条件是，一定要选思想品质好，能吃苦耐劳的女性做伴侣……

龚全珍只是静静地听着，始终没有张口表态。等甘祖昌讲完以后她才向对方交了底：“我也有过一场痛苦的婚姻，现在已经解脱了，但身边留下了两个孩子。”

甘祖昌点头笑了：“好哇！自古以来只嫌朝里人马少，不嫌朝里人马多。革命接班人越多，我们的事业就更加兴旺发达！”

龚全珍听着感动极了，心中暗自赞叹，这位后勤部长还真是个实在人！甘祖昌走了以后，龚全珍的思想感情便有了细微的变化，心海泛起了波澜。这位后勤部长的憨厚和坦诚给她留下了深刻的印象。

又过了段日子，校长李平有意安排龚全珍和几位教师去军区家属大院做学生的家访工作，甘祖昌亲自接待了她们。晚上在食堂吃过饭后，甘祖昌留下龚全珍做了一次长谈，再一次吐露出自己的心迹，他说自己只有小学文化，而且在战争年代受过三次伤，解放后不久又在敌特分子制造的车祸中受过重伤，留下脑震荡的后遗症，身体不如从前了……

说到最后，甘祖昌又向龚全珍做了直白的表白：“龚老师，我这个人喜欢直话直说，与你接触过几次以后，我始终认为你是我最好的选择对象，但我现在工作一直很忙，没时间谈恋爱。真的，忙得要命，很难经常抽出时间来跟你聊天。所以希望你给我个明确的答复。我自己身体也不太好，患有气管炎、肺气肿的毛病。请你仔细考虑一下，同意就结婚，不同意就算了。强扭的瓜儿不甜，双方心甘情愿才能建立一个幸福美满的家庭。”

憨厚的甘祖昌将这话说得太直了，几乎把龚全珍呛住了，当时还真有点接受不了。她依然没有表态，起身告辞回校了。这一晚，躺在床上的龚全珍失眠了，眼前总是浮现甘祖昌的身影，耳畔总是回响着甘祖昌直爽的声音……这是一位性格多么憨厚的老军人啊！尽管他的年龄大了些，身体受过伤，但他的伤是为了革命，为了人民作出的贡献，是光荣的，是值得自豪的，是让人尊敬的！正因为这样，这位革命功臣应该有一个幸福的后半生，应当有一个幸福的家庭！更何况他为人这样正派、大度、谦虚、谨慎。这才是选择爱情的标尺啊，现在既然人家看得起自己，向自己求婚了，如果错过了这个机会，自己可能要遗憾终生！

龚全珍躺在床上翻来覆去，像煎烙饼似的，整整一夜没合眼。她一次又一次地回忆着与甘祖昌见面时的情景，咀嚼着甘祖昌与她交谈时的每一句话语。越想印象越深刻，越想心里越踏实，越想心里越甜蜜。她觉得，甘祖昌的赤诚，与自己简直是肝胆相照了，与这样有着优秀品质的人相结合，无疑会给自己带来一辈子的幸福。

“人生是花，而爱便是花的蜜”，“真正的爱情能够鼓舞人，唤醒他内心沉睡着的力量和潜藏着的才能”，“忠诚的爱情充溢在我的心里，我无法估计自己享有的财富”……

龚全珍细细回忆着中外名人在对待爱情和婚姻上的这些名言，深受启发，大受鼓舞，心潮澎湃，周身热血沸腾。她那块将要干涸的心田，终于又被从天而降的甘霖滋润了，一种要求播撒幸福种子的强烈欲望终于被激活了！

第二天清早，起床后，龚全珍一照镜子，发现自己的那双眼睛周围罩上了一层黑圈，但她从心底漾出了笑意。然后用双手轻轻地揉了揉眼圈，转身来到办公室，给甘祖昌挂了个电话，从嘴里很温柔地吐出四个字："我同意了！"

就这样，龚全珍与甘祖昌组成了一个新的家庭。婚后幸福的生活，就像诗人郭小川写的一首诗所形容的那样："战士自有战士的爱情：忠贞不渝，新美如画！"

2

志同道合伉俪情

战友们给他俩的评价是：既是志同道合的夫妻，更是亲密无间的战友。

龚全珍与甘祖昌举办婚礼后的第二天，她便走出新房，返回学校，走进了课堂，与老师和学生住在一块了。以后，每逢星期日她才回家一次，与甘祖昌一道度周末。

这天傍晚，龚全珍一进家门，甘祖昌便迎上去说道："全珍，有件事，想和你商量一下。"

龚全珍不由一愣，说："什么事这么认真？"

甘祖昌笑容可掬："组织上想调你到军区后勤部工作。"

"啊！"龚全珍大吃一惊，随即又问，"是你的主意么？"

甘祖昌闻言，郑重回答："不，我没这个权力，是组织上考虑照顾我们这个家庭才作出的决定。"

龚全珍随即从嘴里蹦出一句："我不同意！"

这会儿轮到甘祖昌吃惊了："为什么？"

龚全珍心平气和地解释道："我知道，这是组织上为了让我更好地照顾你，所以决定把我调到你的身边工作。可是，你是否想过，两口子在一块工作合适么，人家会不会说闲话？再说，我们家离学校并不远，万一家

甘祖昌与龚全珍夫妇合影。

里有什么情况,我可以随时赶回来呀!”

甘祖昌一听,便不再吭声了,低头沉思着。

龚全珍见状急忙又补上了几句:“当然,更重要的是我已经深深地热爱上了教书这个职业,一旦要放弃,还真舍不得这些学生,他们需要我!再说机关工作我也不熟悉,还要有个适应过程,也许还干不好呢。所以,请你向组织上转告我的意思,恳请组织上,尤其是你这位老公要充分理解我!请原谅我的直率。”

甘祖昌听完妻子这番肺腑之言,感动极了,当即抬起头来,以坚定的口吻回答:“全珍,我支持你,尊重你的选择!”

龚全珍这才开心地笑了:“看来你这个老公还是通情达理的嘛!”

甘祖昌笑了:“没有这志同道合,我们怎么能够走到一起呢?”

这桩事情传出以后,甘祖昌的战友们无不为之慨叹:“我们的后勤部长还真挑上了一位识大体、顾大局的贤惠夫人!”

龚全珍在学校里照样按部就班,全身心地扑在工作上。这天中午,突然一辆军用吉普车开进学校来了,从车上跳下来的竟是军区后勤部的司机。龚全珍心里不由一惊,难道家里出什么事了?果然,司机告诉她:“龚老师,昨天半夜时甘部长突然晕倒在地上,警卫员发现后立即将他送到医院抢救,现在情况好转了,领导让我接你立即回去!”

龚全珍着实吓了一跳,知道老公脑震荡后遗病又发作了,立即向校长请了假,一头钻进了小吉普。

来到医院后,医生却告诉她,甘部长醒来以后便躺不住,又到奶牛厂去了。

于是龚全珍急忙又让司机朝奶牛厂赶去。一路上还不住地埋怨司机:“甘部长发病了,为什么不早点告诉我?”

司机为难地答道:“甘部长不准我们说,说是怕耽误你上课。”

龚全珍更加忐忑不安了,她担心甘祖昌劳累过度,伤病发作,身体跨下来以后,一定更瘦了……不知不觉间,鼻子一酸,眼眶一热,泪水便像断了线的珠子似的直朝下掉。

吉普车开进奶牛厂,龚全珍从车上跳下来,双脚刚落地,便焦急地呼喊起来:“老甘!老甘!”

正在后院的甘祖昌闻声急忙赶过来,笑嘻嘻地回应道:“我在这里啊!慌慌张张地急什么呀!”

龚全珍三脚并作两步地迎上前去,张开双手抱住了甘祖昌,全身上下仔细打量个不停。

甘祖昌笑道:“全珍,不认识我了么?我不是好好的在这里,毫发无损吗?”

龚全珍破涕为笑了:“你不是病了么?”

甘祖昌哈哈大笑:“这算什么病,不过是工作一紧张,加了几个夜班,头就有点天旋地转。用不着大惊小怪,过几天自然就好,这是老毛病了!”

他说得好轻松,龚全珍那颗悬着的心也就放了下来。

这时,旁边有位女工插了一句话:“甘部长还真是闲不住的人,刚才我们母牛下崽,他也在旁边搭把手帮忙呢。”

龚全珍又好气又好笑地调侃道:“看来你这位后勤部长还真想将自己培养成母牛接生员了!”

“哈哈哈……”在场的人捧腹大笑。

甘祖昌也笑了:“就怕我还不够格哩!”

暑假到了,龚全珍带着两个孩子来到奶牛厂,和甘祖昌一块度假。白天,甘祖昌照样在牛棚里干活,龚全珍负责做饭,两个小孩做完作业后到处玩耍。这有节奏的日子还真过得有滋有味,开心极了。晚上,龚全珍便陪着甘祖昌一起在灯光下学习《毛泽东选集》第一卷。甘祖昌碰到不认识的字,龚全珍便手把手教他。从读音到字义、词义,以及用法,比教小学生还认真。龚全珍不到一个礼拜,便将这卷选集全读完了,甘祖昌才读那么几十页。

龚全珍便取笑他:“老甘,瞧你这读书的样子简直比挑担还苦啊!”

甘祖昌取下眼镜,笑着回应道:“可不,要读懂这部《毛泽东选集》还真不容易啊!”

龚全珍鼻孔里“哼”了一声:“有啥不容易?怪来怪去只能怪你文化底子薄,所以读书就像蜗牛走路——慢吞吞。”

甘祖昌摇了摇头:“不对,读书不能只读皮,必须读出道理来。要不,古人怎会说‘读书破万卷，下笔如有神’呢。读书‘难’就难在这个‘破’字上啊！”

龚全珍一听还真愣住了，看来老甘还真是“真人不露相，露相不真人”了。瞧他说的这席话，蛮有道理，蛮有水平的嘛！

“全珍，你既然先读完了这本《毛泽东选集》，那么我就要向你请教两个问题了”，还没等龚全珍回过神来，甘祖昌已经发问了，“这本书里提到过‘“左倾”机会主义’和‘右倾投降主义’，请你解释这两个概念及其危害性，怎么样？”

龚全珍听罢，不由张大了嘴巴，茫然不知所措。她只不过是像读小说似地读完了这本《毛泽东选集》，至于怎么去理解其中的思想和含义，还真没有动过脑筋。所以这下竟然被老公将了一军，把她给难住了。

幸好甘祖昌没有批评她，而是话锋一转，反倒向她传授知识了。他根据自己亲历过的革命实践，滔滔不绝地用生动活泼、通俗易懂的例子讲解着这两个“主义”，以井冈山斗争中“左”倾、右倾错误对革命事业危害的史实，讲述了一个个故事，深入浅出地作了详细解释。

龚全珍瞪大了双眼，恭恭敬敬地听得入了迷，竟然有一种醍醐灌顶、茅塞顿开的感觉。直至甘祖昌讲得口干舌燥住了口，她才急忙双手捧上一盅香茶献给甘祖昌：“老甘，想不到你识字不多，肚子里却装了不少革命理论知识，看来我这个当老师的，还得拜你为师啊！”

甘祖昌嘿嘿地笑了：“我们只有将革命理论和革命实践结合起来，才能成为一个真正合格的革命者！”

心有灵犀一点通。龚全珍开始深深地认识到，只从字面上是学不到革命理论的，必须联系实际才能真正弄懂革命理论。

从此，龚全珍对甘祖昌更加敬重了，而且产生了相见恨晚的感觉。

从此以后他们经常在一块互相学习，探讨革命理论。战友们给他俩的评价是，既是志同道合的夫妻，更是亲密无间的战友。

暑假过后，龚全珍带着两个小孩返回学校上课去了，照例又是周末才能回家一趟。

这天，龚全珍刚进家门，甘祖昌便发现妻子神色不对，满脸愁云，连话都懒得说了。与以前相比，判若两人。甘祖昌不由暗暗吃惊，这种现象可从来没有发生过啊！于是，便笑着打趣道："我们的龚老师今天是受了什么委屈，还是遇上了什么不顺心的事啊？瞧你满脸乌云密布，看来暴风雨就要来临了哟！"

龚全珍长长地叹了口气，责怪道："人家滚油烧心，你还东吴招亲——幸灾乐祸！"

甘祖昌又笑道："还真出大事了？天塌下来我替你顶着，说吧，究竟是怎么一回事？"

龚全珍这才慢慢说，学校里与部队正在评定级别，就为这闹出了许多矛盾。有的教师因为没有评到自己期望的级别而大闹情绪；有的互相攀比，争得面红耳赤，甚至哭哭啼啼；有的拍桌子骂人，连课都不愿上了……人与人之间的关系也骤然紧张起来，昔日要好的朋友甚至反目成仇了，学校的工作一下子也陷入了半瘫痪状态，无法开展起来。

甘祖昌听罢，顿时也拧紧了眉头，问道："那你自己对这个问题是什么态度呢？"

龚全珍理直气壮地回答："我作为教导处的副主任，评级的事我可以不管，可老师上课的事，我不能不管！我认为对评级有意见是可以提的，但无论如何不能影响工作。"

"你的想法很对！"甘祖昌十分赞赏。

龚全珍摇了摇头:“可惜你说了不算。我去找那些不上课的老师谈话,没想到人家根本不理睬我,有的甚至还讥笑我。”

甘祖昌一听这话又皱起了眉头:“她们讥笑你什么?”

龚全珍叹了口气:“人家说我尽可以讲漂亮话,因为我是首长夫人,能跟着沾光!而他们没有什么靠山,只有吃亏的份儿!”说完这话,龚全珍还真委屈得快要掉眼泪了。

甘祖昌听完这前因后果,沉默了好一阵子,终于开口安慰龚全珍道:“全珍,你做得很对,一个共产党员在大是大非面前,就应当旗帜鲜明,站稳立场,明辨是非,分清好歹。对评级有意见,可以向领导提,但不能不上课。不上课,就是犯错误,就要接受组织处分。”说到这里,他话锋一转,突然又自言自语起来,“说到评级,我也有意见哩!”

龚全珍吓了一跳,急忙盯了丈夫一眼,满腹狐疑道:“你说这话是什么意思?”

甘祖昌从鼻孔里使劲喷出一股浓烟:“全珍,恐怕你还不晓得吧?我们军队这次评级采取的是自报公议的办法。刚开始,我只报了个连级,谁知公议时同志们硬是给我评了个师级;报到中央军委后,又批了个准军级。比起那些劳苦功高的同志,我总觉得自己不够格,正准备给中央军委写报告,要求把我的级别降下来。”

龚全珍恍然大悟,原来甘祖昌不是争军衔,而是让军衔啊。这种毫不利己、大公无私的高风亮节,比起学校里为争级别而闹情绪的老师来说,真是天壤之别啊!她不禁被丈夫的精神深深感动了,从心底发出了一声由衷的赞叹:“老甘,你这种共产主义风格,不仅为新疆军区评军衔做出了表率,同时也为地方上评级树立了学习榜样。我为有你这样的丈夫感到骄傲,感到自豪!”

甘祖昌挥了挥手,大度地回应道:“不,我们党历来提倡每一个共产党员任何时候都要遇困难就上,见荣誉就让!这也是我们中国人民解放军的光荣传统。这次评军衔,不少高级指挥员,乃至司令员都在发扬这种风格,纷纷要求降低自己的军衔。我也是在向他们学习。今后我们真还应当把这种风格、这种精神带到地方上去,在全国形成一个‘比学赶帮’的高潮,这样我们的社会风气就能净化许多,人与人之间的关系自然也就和谐多了!”

甘祖昌这种共产党人一贯作风和无私情怀,又一次让龚全珍佩服和感动。相形之下,她觉得自己的文化水平虽然比丈夫高,但理论水平和革命情操却不如丈夫,今后还得要继续努力加强学习啊!

回到学校以后,龚全珍向校长李平讲到了甘祖昌向军委写报告要求降军衔的事,李平同样深受感动,立即作出决定,学校的评级要向部队评军衔那样发扬共产主义风格。并以此为契机,在全校掀起一个向甘祖昌同志学习的高潮,学习他的这种毫不利己、专门利人的共产主义风格,以推动教师评级工作的顺利进行。

俗话说,正人先正己。甘祖昌的这面镜子树起来以后,那些闹情绪的老师一对照检查自己,便感到自惭形秽了,很快一切又都恢复平静了。

3

夫唱妇随进老区

从今以后，你在前头冲，我在后头跟。夫唱妇随心连心，满腔热血献给社会主义新农村！

白云悠悠，托着龚全珍的一颗红心，飘进了当年的红色山乡。

由于长期劳累过度，甘祖昌的伤病经常发作，尤其是敌特分子曾经制造的那场车祸，给甘祖昌留下的严重脑震荡后遗症，更是经常威胁着甘祖昌的生命。工作稍微一紧张，头就痛得像要炸裂了似的，眼前金星乱冒，时常晕倒在地上，多次送医院抢救。有时一出院，刚上班又旧病复发，只得又送回医院来。如此折腾来折腾去，还真把甘祖昌害苦了。龚全珍也为之担惊受怕，身上掉了不少肉。

新疆军区党委对甘祖昌的病情十分关心，领导们经常劝他少工作多休息，并要医院定期给他检查身体。1954 年冬天还派出医生专门陪同甘祖昌到北京、上海等地的大医院就诊，并上庐山疗养了一段时期。但甘祖昌的病情总是不见好转。从庐山疗养了一年回来后，人反而变得更瘦弱了，体重还不到 100 斤。不少人在背地里担心："甘部长恐怕不久于人世了！"

龚全珍望着形容憔悴的丈夫，心如刀绞，焦虑不安。作为妻子，自己不能为丈夫减轻痛苦，这是多么难过的事情。她曾经准备多抽点时间来医院陪伴甘祖昌，然而甘祖昌却嘱咐她，只有在星期六、星期天才能到医院来，其他时间坚决不能来。他的理由是：自己在医院躺着不能工作了，不能再拖累一个人陪在医院影响工作。

每当甘祖昌心情好些的时候，龚全珍总会柔情地提议："老甘，我每天都来医院陪你吧？"

甘祖昌立马脸一沉，急忙摇头摆手："不要！不要！你还是安心去教你的书，不要影响了孩子们的学习！"

龚全珍没办法，只好依旧在周末来医院照顾甘祖昌。为他端水喂药，陪他聊天解闷。

这天，夫妻俩正在闲聊时，甘祖昌突然提出了一个让龚全珍做梦都不曾想到的问题："全珍，跟你商量个事，我想解甲归田，你赞成么？"

"解甲归田？"龚全珍重复了两声，茫然不知所措，也不知如何答复。

甘祖昌解释道："根据我现在的病情已经不适应在部队工作了，也不适应在医院长期躺着养病，只有去当农民，下田劳动，说不定这病好得快，健康恢复得早。"

龚全珍终于了解了丈夫的心思，于是点头赞同："对，生命在于运动，劳动锻炼身体。你曾经给我讲过几次在南泥湾大开荒运动中，就是通过干活驱走了病魔，赶跑了死神，这故事给我留下的印象太深刻了！"

甘祖昌兴奋地从床上坐起来，双手紧紧握住妻子的手，激动得喊起来："这么说，你同意我的想法了？"

龚全珍点着头："同意。"

甘祖昌高兴得又在床沿上拍了一掌："那你帮我写个报告，向组织申请解甲归田，回乡务农。"

龚全珍随丈夫回到莲花。

“回乡务农?”龚全珍又疑惑了。不当兵当农民也行嘛,又何必要回乡呢?处处青山埋忠骨,未必一定要还乡吧?

甘祖昌似乎瞧出了妻子的困惑,便索性开门见山点破道:“全珍,你可能还不了解我,我对我的家乡饱含深情,朝思暮想、魂牵梦绕啊!在这片老区的土地上,我洒过血,流过汗,和乡亲们一起舍生忘死闹过革命!自从长征离开家乡后,距今天整整20多个年头了。在这20多年中,我无时无刻不在思念家乡,思念家乡的亲人。当年离开家乡时,我就曾经对乡亲们发过誓:我去为穷人打天下,一定要让你们过上好日子!1953年我回了一趟家乡,发现家乡山河依旧,面貌未改,乡亲们还在贫困中过日子,我的心都碎了!平日里工作太忙,我无暇顾及,可这会儿躺在病床上,一想到家乡的贫困现状,我很不是滋味。所以我萌生了回乡当农民,与乡亲们一道建设社会主义新农村的念头。我已经下定了决心，十匹烈马拉我也决不会回头！”

龚全珍听完丈夫的这番充满激情的表白后，惊得双眼发直，张大嘴巴，半天合不拢。

甘祖昌瞧她发呆了，便又调侃道：“怎么样，反悔了吗？”

龚全珍苦笑了一下，摇摇头。

当天晚上，龚全珍失眠了。就像两年前决定是否与甘祖昌结合在一块的那个晚上一样，她的心海又掀起了层层的波澜。

丈夫回乡当农民，就意味着做妻子的也必须一道进山区，也就是说，自己的青春和后半辈子从此将献身山区农村了。这对于一位在城市里生、城市里长的知识女性来说，还真是一场严峻的考验！山区的贫穷落后，龚全珍虽然没有亲历过，但耳闻过。农村与城市相比，毕竟差距很大，何况还是山区。也许这么一头扎进去，就将在山区苦一辈子，包括自己生下的几个孩子。但是如果不愿随丈夫回乡，又将面临着与丈夫分道扬镳的痛苦……还真是两难抉择啊！

第二天回到学校后，校长李平发现龚全珍的情绪有点异常，便关心地询问她究竟发生什么事了，龚全珍便如实相告了。

李平安慰道，将军回乡当农民这事没那么简单，组织上肯定不会答应。即使以后万一既成事实，到时候再说，车到山前必有路。

龚全珍转念一想，校长说得对，自己还真是杞人忧天，也就不把这事放心上了。

后来的事实证明，李平的推测还真是准确极了。甘祖昌向组织上递交了第一份解甲归田、回乡务农的申请书后，军区党委批复：“不同意”，建议他继续在新疆或到外地去疗养，以保证身体健康。

第二年一开春，甘祖昌又向组织上递交了一份回乡务农的申请书，可上面的批复还是外甥打灯笼——找舅（照旧），让甘祖昌继续安心疗养。

甘祖昌这会急得直发脾气："疗养、疗养，再长期这样下去，我就会病死在疗养院！"

第三年的春夏之交，甘祖昌又向军区党委递交了自己的第三份申请书，坚决要求解甲归田，回乡务农。

这一次组织上经过反复考虑，认真研究，终于批准了甘祖昌回乡务农的申请。

甘祖昌得到批复的消息后，那份狂喜的心情简直难以形容。可不，申请了三年，今天终于让梦变成了现实，他能不兴奋、能不激动吗？

他第一个行动是打电话告诉妻子龚全珍，让她回家来办理一切有关事宜。

龚全珍听到这一消息，立即懵了，心中顿时就像打翻了一只五味瓶，很不是滋味。尽管三年了，她对丈夫的决定在思想上有了准备，但这事真定下来后，还是觉得有点突然，让她有点手脚无措。

望着站在自己面前骨瘦如柴的丈夫，龚全珍的心颤抖了，就这副样子能回乡当农民么？可是当她看到丈夫渴求的眼神时，她知道自己没有别的选择了。

此时此刻，龚全珍的脑海里猛地又冒出了许多难题，自己与甘祖昌共同生活了5年，彼此心心相印，息息相通，而且也作好了扎根新疆，埋骨天山的长期打算。这会丈夫如此强烈要求回家乡江西莲花去务农，这山区究竟有什么好，这么让他归心似箭？自己去了能适应么？还有那几个孩子呢，他们怎样办？

还没让龚全珍理出个头绪，甘祖昌就吩咐道："就这么定了，你下星期去军区干部部办好回乡手续吧!”

龚全珍没有作声,只是点了点头,表示答应了。

一个星期后,当龚全珍从军区干部部回来,答复还没办手续时,甘祖昌便发火了,连声责问:“为什么?”

龚全珍解释道,干部部的同志说,将军回乡,必须预先要与当地政府部门联系,事先盖好房子,把有关的准备工作做好了,才能成行。

甘祖昌生气地摇摇头:“干吗这么复杂?你回去告诉他们,我们家有老房子,三兄弟可以住在一起,其他什么统统都不需要了。开个组织介绍信就行!”

龚全珍没作声,只是点了点头。

又过了一个星期,甘祖昌催问龚全珍办妥了回乡手续没有,龚全珍仍然摇了摇头。

甘祖昌的火气又上来了:“究竟是他们不办,还是你不愿去办?”

龚全珍急得眼泪都要出来了,委屈地回应道:“不是我不愿去办。而是人家提醒我,你可以回去当农民,我又不会种地,回去干什么?学校的老师都给我出主意,让你先回去帮我联系好了学校,我再回去不迟!”

甘祖昌一听,顿时沉下脸,嗓门也抬高了:“这么说,原来是你不肯办啰!为什么一定要当拿工资的老师,回去给农民扫盲难道不行吗?”

龚全珍给丈夫戗得脸红耳赤,只得机械地回答:“行,行,嫁鸡随鸡,你走到哪里,我跟你到哪里!”

龚全珍怏怏地回到了学校,校长李平见她心情不愉快,问明情况后便又作了耐心的开导:“龚老师,你们结婚5年,互相都很了解,平日里相敬如宾,志同道合,革命伴侣,伉俪情深,同志们都很羡慕你俩!自古道,夫唱妇随,杨宗保阵阵离不开穆桂英;又道是秤不离砣,公不离婆。这次甘部长既然已经被组织上批准解甲归田了,你就应当陪同前往,支持他的革命行动!”

当天晚上,龚全珍躺在床上,又度过了一个不眠之夜。

往事历历在目,不时浮现在眼前。

多少个风雪寒夜,龚全珍在灯光下教着甘祖昌识字读书;

多少个明月夏夜,甘祖昌在月光下给龚全珍讲述井冈山的革命故事;

多少回,甘祖昌哄着龚全珍的两个小孩游玩嬉戏;

多少次,龚全珍服侍病床上的甘祖昌喂汤喂药;

……

这桩桩件件、点点滴滴的往事,就像过电影似的,在龚全珍眼前一一闪过,充满着情,充满着爱,充满着这对革命伴侣亲密无间的深情厚谊!

龚全珍终于从迷惘中醒悟了,心动了。

丈夫为了等待这一天,连着写了3个申请报告,并且整整等待了3年时间,好不容易才盼来今天这个喜讯,作为妻子的她,怎么能不支持丈夫的决定呢?何况甘祖昌身体一直不好,需要她去关照;而她也需要甘祖昌,离不开甘祖昌。5年的夫妻生活,将他们紧紧融合在一起,你中有我,我中有你,彼此难分难舍了。

心中的疙瘩解开了,龚全珍将所有的思想包袱抛到九霄云外去了。第二天大清早便赶到了军区干部部,办好了所有的离开部队的手续。然后赶回家中,笑盈盈地交到了甘祖昌的手上。

甘祖昌见状眉开眼笑了:“全珍啊,瞧你这副神气,我就晓得你心中的包袱放下了!是啊,放下包袱,才能轻装前进!”

龚全珍故意顶撞道:“瞧你那天吹胡子瞪眼睛的样子,我就是不服你!”

甘祖昌作故正经地向龚全珍敬了军礼:“全珍同志,那天是我态度不好,向你道歉,请你原谅!”

龚全珍扑哧笑了,白了丈夫一眼:“什么时候学会了油腔滑调!”

甘祖昌收敛了笑容,挺严肃地岔开了话题:“全珍同志,你这次跟我回乡务农,好比上西天去取经,说不定要经历九九八十一难哩!你要做好充分的思想准备啊!”

龚全珍又扑哧一声笑了:“你太危言耸听了吧?不就是要做好吃大苦、耐大劳的思想准备吗,有什么可怕的?我也是穷苦人家出身的,又不是大户人家的千金小姐。你就放一万个心吧。从今以后,你在前头冲,我在后头跟。夫唱妇随心连心,满腔热血献给社会主义新农村!”

甘祖昌双手拍着巴掌充满激情地连声喊着:“好!好!好!”

听说龚全珍要跟随丈夫回老区,不少人为之震惊了。有人难以置信,当面问她:“你一个城市里的人,又是大学毕业,怎么将军说回农村,你就跟着走啊,是不是不晓得农村有多苦?”

龚全珍笑着解释道:“回农村是老甘的心愿,他心里总惦记着自己的乡亲,想和他们在一起建设家乡,改变落后面貌。作为妻子,我能拖他后腿吗?

“说得好!有道理,有道理!”众人赞不绝口,无不被龚全珍的深明大义感叹不已。

军人出身的甘祖昌无论办什么事情总喜欢“兵贵神速”,这次解甲回乡在龚全珍的协助下,同样动作麻利,两天之内整装完毕,轻车简从地出发了。

白云悠悠,托着龚全珍的一颗红心,飘进了红色山乡江西省莲花县。

4

沿背村里闯“三关”

她决心以坚韧不拔的毅力克服自己身上的缺点，去攻克面前的一个个难关。将自己锻炼成为一个地地道道的、实实在在的典型的山里人。

1957 年 8 月的一天。

车轮滚滚，喇叭声声。一辆货车在通往萍乡的公路上颠簸行驶。车厢里装着甘祖昌全家人和携带的行李。

离开新疆以后，他们全家人坐了十多天火车，总算平安地到达了长沙火车站。下车后转乘茶陵县人民政府派来的一辆货车，将他们送到了莲花县城，莲花县人民政府再派出这辆货车送他们回坊楼镇沿背村。解放初期的 319 国道是条沙子路，沿途坑坑洼洼，高低不平，货车就像江河里行驶的一条破船，一路东摇西晃，颠得人直想呕吐。幸亏路程短，一个小时以后，货车终于在坊楼的路口停下了。

“到家了！”龚全珍怀里抱着二女儿，如释重负般地松了口气。

甘祖昌“嘿嘿”一笑：“别盲目乐观，还得走一段山路哩！”

“啊！”龚全珍倒抽了一口凉气，“这么远，还要往山窝里去啊？”

甘祖昌有点生气了：“怎么，山窝里不好么？山窝里空气新鲜，环境优美，比城市好多了！”

龚全珍还想回应几句,司机将车门打开了,大家纷纷跳下车来。尤其是这几个小孩,下车后便到处东张西望,仿佛进入了一个崭新的世界。

三个壮汉子推着三辆鸡公车来到了货车旁边,朝甘祖昌喊了声:“大哥!”甘祖昌上前和这三人紧紧地抱在一起,热泪盈眶。

龚全珍急忙也趋步上前,甘祖昌便向她一一介绍:“这是森昌、洪昌、岩恩。”

龚全珍双手抱着孩子,微笑着逐个点头,算是认识了。

简单的行李从货车上卸下来以后,装在这三辆鸡公车上,“吱嘎”“吱嘎”地朝着沿背村的方向推去。

龚全珍抱着二女儿随着众人跟在鸡公车的后面缓缓步行。她虽然始终面带微笑,但这微笑里掺杂着各种复杂成分。从山东到新疆,再从新疆到江西莲花,这里是她人生旅途的第三个驿站了。也许还是终点站了,是她的归宿了。所以,她要想的问题很多很多,从离开新疆起,她就一直在思索着这些问题。目前,她想得最多的一个难题是,如何去适应新的环境。城市与农村毕竟相差太大了,何况是一个贫穷落后的山区!

在这坎坷不平的山道上,她终于轻轻地叹了一声,自己和孩子们将面临着一个新的挑战,一场严峻的考验。脑海中无端浮现了一首诗:“莫言下岭便无难,赚得路人错喜欢。正入万山圈子里,一山放过一山拦。”是啊,今后的道路上必然是崎岖不平,关山重重,还是做好闯关的准备吧! 雄关漫道真如铁,而今迈步从头越!

到家的第一天,一连串的难关便开始困扰龚全珍了,使她手脚无措。

第一关是语言关。这一行人离村口还有几步远,村里的父老乡亲们便扶老携幼,争先恐后地涌出来迎接他们。众人七嘴八舌地打着招呼,吐出胸中滚烫的话语,这些当地的土话,龚全珍一句也听不懂。她好像置身于异国，听到的全是一窍不通的“外语”，她便有点窘迫了，额头沁出了汗珠。这时有两个妇女上前陪她说话，她只能一个劲地点头微笑，心里紧张极了。好不容易进了家门，她便一头扎进屋里头，借着整理行李的机会再也不敢出头露面了。

吃完晚饭以后，甘祖昌独自出去串门去了。龚全珍在家门口和孩子们一块讲《山海经》。夜幕降临，孩子们突然惊呼起来：“电灯！电灯！这里怎么没有电灯呢？”龚全珍这才记起白天进村时没发现一根电线，于是只好苦笑着安慰孩子们：“山里目前缺电，过段日子会有电灯的！”

话音刚落，便听得“啪”的一声，随着传来大儿子的惊叫声：“妈妈，蚊子！好大的蚊子！”

龚全珍正要俯身去瞧，冷不防自己的脖子也被一只蚊子狠狠地叮了一口。她随手一巴掌将蚊子拍死了，顿时觉得手心里黏乎乎的。就在这时，耳畔又传来另两个孩子的惊呼声：“妈妈，蚊子咬人！蚊子咬人！”

龚全珍顿时有点无所适从了。这时，只见大弟媳从屋里手执一个艾草扎成的长条烟火把舞出来，舞得火星闪烁，烟雾呛鼻。舞到门口，然后放在孩子们脚下，介绍说，山里人就是用这烟火把驱蚊虫，很管用！

龚全珍听不懂大弟媳的土话，但从她的手势中弄懂了这意思。心里想，这烟火把能驱蚊可也能呛人，对身体健康有害啊！

不一会，甘祖昌从外面回来了，孩子们正围在一盏煤油灯下听龚全珍讲故事，不时用小手拍打咬在身上的蚊虫，看见丈夫进门了。龚全珍忧心忡忡地叹出一声：“这几个小家伙今晚能睡好么？”

甘祖昌哈哈笑了：“又劳你多操心了！等下蚊帐一挂，就好了，山里的伢子都是这样长大的！”

龚全珍只是苦笑一下，不再吭声了。看来要适合这山里的环境，也得要做好闯关的思想准备啊！

睡到半夜，龚全珍感到肚子隐隐作痛，便要丈夫陪她到屋外上了一趟茅厕，回来后在床上刚躺下不久，又肚痛了。甘祖昌似乎觉察了什么，便问妻子中餐和晚餐是不是多吃了点辣椒。龚全珍回答说："你们山里的辣椒太辣，我不敢吃，只用筷子点了点汁，难道反应这么大？"

甘祖昌笑了一下，解释道："山里人有句土话，辣椒冇补，两头吃苦。"

龚全珍一愣，问："什么意思？"

甘祖昌又笑了，解释道："吃辣椒时辣得嘴巴吃苦，解大便辣得肛门吃苦。"

龚全珍给逗笑了："既然这样，为何不能戒掉辣椒呢？"

甘祖昌摇摇头，说："祖祖辈辈习惯了，没辣椒炒的菜不好吃，没下饭菜填不饱肚子难干活。这样吧，慢慢锻炼锻炼！"

龚全珍便不再作声了，心里却在考虑，看来要在这山窝里扎下根来，还真的要入乡随俗！从现在起，先从语言关、环境关、饮食关着手，做好闯关的思想准备。常言道世上无难事，只要肯登攀。我就不相信，堂堂的一个大学生、一个人民教师，会被这些鸡零狗碎的小事难住？

先从"语言关"攻起，龚全珍就拜丈夫为师。甘祖昌连连点头，容易、容易，决不会比外文还难学吧？他从一些日常用语开始教起。譬如，吃饭，山里人叫"喫饭"；喝水，一般叫"喫水"，而当地还要带点拖腔音："喫没几饭""喫没几水"……龚全珍听得来了兴趣，便像学外文记单词似的，将这些叽里哇啦的方言全记在笔记本上，后面再作注解、拼音，简直把它当作"甲骨文"似的研究起来。这一研究还真出效果了，一个月以后，她开始能听懂山里人的土话了，习惯成自然，半年以后，她就能用土话和村里人对话了，而且发音准确。乡亲们于是连声赞叹："城里来的人还真聪明，上西腔（当地地方方言）一学就会了，真不简单啊！”

有了共同的语言，就能互相交流；有了语言交流，就能沟通心灵。于是龚全珍和本家人，和村里人很快填平了语言造成的鸿沟，双方的距离越拉越近了。龚全珍并不以此为满足，她说学无止境，方言也是门学问值得研究，依然一门心思地钻研着。

有一次，学校举办运动会，有位学生赛跑的速度非常快，旁边有人发出一声赞叹："快汤根！"龚全珍听了，立即掏出笔记本将这方言记下来，向其他老师求教。人家便解释道，这是语气助词，形容速度非常快。龚全珍于是又在这句方言的后面作了注释。她的这种孜孜不倦、勤奋好学的精神让全校师生十分钦佩。

在攻克"语言关"的同时，龚全珍又以坚强的毅力同时闯过了"环境关"。针对夏天晚上蚊子多的特点，她教育孩子们早睡早起。每天天黑以前，她就用驱蚊虫的烟火把，先将房间的蚊子消灭或驱跑以后，然后将床上的蚊帐放下来。等孩子们在煤油灯下做完作业以后，便催着他们上床，放下蚊帐后才离开。第二天清早，东方露出了晨曦，她便又将小家伙们一个个唤起，让他们在户外写字读书。日长月久，不仅自己逐渐适应了山区的环境，也让孩子们从小培养了山里人的习惯。

龚全珍连闯两关成功了，剩下的就是饮食关。在新疆她一直喜欢面食，即使吃米饭也是白米蒸的。可来到这山窝里后，每天都是糙米饭、辣椒菜，很难适应。尽管自己主观上想克服，但偏偏自己身体不争气。糙米吞咽困难，辣椒吃了肚子痛。但自从回乡之日起，甘祖昌就已经宣布，要和森昌、洪昌两家合在一起，二十几口人吃、住都是一个样，任何人都不能搞特殊。想到此处，她便幽幽地叹了一口气。想不到解放这么多年了，农村还是这样的艰苦，太不可思议了！

这天，负责做饭的大弟媳突然向龚全珍提出了这么一个问题："大嫂，大哥每天吃饭总是嚼来嚼去要嚼大半天，究竟是什么毛病？"

龚全珍便叹了口气，解释道："还是新疆那场车祸造成的。当时他的头部严重受伤，上腭骨和嘴唇都撞裂了。所以不管嚼什么东西都会发出沙沙的响声，而且吞咽都很困难。"

大弟媳终于恍然大悟了："啊，原来如此。他怎么不早说呢？看来这糙米饭是吃不得的！"于是，提议将糙米加工成白米，单独给甘祖昌开个小灶。

龚全珍将弟媳的意思转告给了甘祖昌，甘祖昌一听火了，当即批评道："三家人合成一家时，我就已经宣布，以后家里人无论是吃东西还是穿着，一律平等，绝不允许搞特殊化。我甘祖昌从小苦惯了，吃点糙米算什么？无非是吃的时候多嚼一嚼，细吞慢咽好了，这样对身体还有好处哩。再说糙米的营养价值也高，山里人长年累月吃糙米，男女老少都身强体壮！"

甘祖昌这番响当当、硬邦邦的话语，就像一记记响槌叩打着龚全珍的心房，使她大为震动。一个受过重伤的革命功臣，不仅不需要国家照顾，就连自己的亲人给他一点小小的关照，他都要义正词严地表示拒绝。这种精神，这种性格谁不为之感动呢？

想到此间，龚全珍为自己在这个问题上闪过的自私汗颜了。榜样的力量是无穷的。龚全珍从丈夫的身上汲取了前进的动力。她决心以坚韧不拔的毅力克服自己身上的缺点，去攻克面前的一个个难关。将自己锻炼成为一个地地道道的、实实在在的典型的山里人。

后来的事实，印证了龚全珍的这段誓言。

5

扎根山村执教鞭

只要我们时刻将学生当成是自己的子女，去呕心沥血地培养他们，就是一块石头也会炼成金的啊！

“老甘，我成天在家里干这零零碎碎的家务事，实在不习惯，我必须走出去从事一个职业！”回乡一个星期后的一天，龚全珍突然向甘祖昌提出了这个要求。

甘祖昌似乎早已预料到了，笑着回答：“回乡之前，你曾经问过我，你进山来干什么，我不是早就作了答复么？”

龚全珍点了点头：“不错，你要我给村里人扫盲，眼下摆在眼前的条件允许么？村里人无论是大人小孩天天起早贪黑地干活，无论是刮风下雨都出工去了，我找谁扫盲？”

甘祖昌便皱了皱眉头：“那你的意思是要干什么？”

“教书！干我的老本行！”龚全珍很坚决地说，似乎早已考虑成熟，胸有成竹了。

“教书？”甘祖昌重复了一声，然后点了点头，“行！”

“那我明天就去县城教育局联系下。”龚全珍趁热打铁，提出了自己的主张。

“谁认识你呢？总得有个介绍人吧？”甘祖昌笑着问道。

"介绍人?"龚全珍不由一愣,随即从身边掏出自己的党员证、工作证、户口簿朝丈夫面前一亮,"瞧,这就是最好的介绍人!"

甘祖昌笑了,随着又叹了口气,解释道:"全珍,你跟了我这么多年,我的脾气你应该知道,凡是涉及个人的问题,我从不愿意出面,包括你在内。这桩事你自己去办理吧。因为如果我一出面,人家就很被动了。"

龚全珍明白了这句话的含义,当即爽朗地回答:"行,我自己去说,绝不拉大旗作虎皮。"

第二天大清早,龚全珍便从家里出发,步行直奔县城。因为那时还没通班车。

找到莲花县教育局长时,已经快中午了。龚全珍从身边的挎包里掏出自己的所有证件,说明了自己的来意。

教育局长一看她的毕业证是西北大学教育系的,顿时喜出望外,连声说:"欢迎、欢迎,我们在坊楼乡新办了一个九都中学,正缺老师哩,你来得正好。"当即进一步向龚全珍介绍,"这中学因为刚办,各方面的条件都比较差,目前还只有三个老师,连校长都没落实。不知道你愿不愿意去?"

龚全珍高兴极了,一个劲地点着头:"行行行,只要有课上就好。至于环境条件,都是靠人去创造的,艰苦奋斗创奇迹,相信会慢慢好转的。"

局长见她说的那么诚恳,当即便给她开出了介绍信。

龚全珍落实了自己的工作,无疑吃了颗定心丸,往回走的路上脚步都轻松了许多,似乎一点也不觉得累。

刚进家门,正好丈夫扛着锄头从外面干完活归来,龚全珍将这介绍信一亮,炫耀道:"老甘,不劳你亲自出面,我自己把工作搞定了。"

甘祖昌咧嘴一笑:"还挺能干啊!分在哪所学校教书?"

龚全珍与九都中学初中全体师生合影。

“九都中学!”龚全珍响亮地回答。

“是不是给了你照顾?”甘祖昌似乎有点不放心地问道。

“什么照顾?是一所刚办的中学,只有三个老师,条件极差哩!”龚全珍理直气壮地回应。

甘祖昌似乎放心了,“啊”了一声,随着又笑了,“那我就得祝贺你了!天高任鸟飞,海阔凭鱼跃。祝你在我们坊楼这片这广阔的天空里,为发展山区的教育事业去做出新的贡献!”

龚全珍信誓旦旦地表示:“我这后半辈子就全部交给山区的教育事业了。青春许国,壮志捐躯。扎根山区执教鞭,呕心沥血育新人。我将永远这样勉励自己，鞭策自己！”

第二天吃过早饭后龚全珍便扛起铺盖，告别家人，兴高采烈地步行了八九里山路，来到九都中学报到了。从此，吃住都在学校，只有周末回家住一晚，与亲人们团聚，料理家务。

就这样，龚全珍在这新开办的学校里呆了三年多时间，经历了各种艰难困苦。教师少，工作量大，而且连间像样的宿舍都没有。但龚全珍无怨无悔，兢兢业业地和其他几位教师艰苦创业，总算创出了一片新天地。局面刚刚好转起来，这天，县教育局长来到九都中学视察，特意找到了龚全珍谈话了：“龚老师，根据工作需要，我们想给你挪个位置，不知你是否同意？”

龚全珍毫不犹豫地回答：“我不仅是教师，更是一名共产党员，坚决听从组织上的安排，党指向哪里我就奔向哪里！”

教育局长便试探道：“龚老师，我们想调你去南陂小学当校长，不知你会不会觉得大材小用了？”

龚全珍笑了：“什么大材小用？革命工作不分大小，只要能为发展坊楼的教育事业出力，能教书育人，中学小学都是一个样！”

教育局长还是有点不放心，又叮嘱了一句：“这事你还是回家与你爱人商量商量，再征求下他的意见如何？”

“不用商量了！”龚全珍以坚定的口气回复道，“我爱人的性格我知道，他常提醒我，只要是组织上安排的工作，就绝不能讨价还价，应当无条件地服从！”

教育局长这才放心了，高兴地握着龚全珍的手抖了一下：“龚老师，那就请你明天来局里开好介绍信去报到吧！”

南陂小学离沿背村只有两里多路，龚全珍完全可以走教，每天三餐饭都能在家里吃。然而，对工作极端认真负责的龚全珍照样将铺盖搬进了学校，和其他教师吃住在一起，依然只有周末才能回家一趟。这一干就是15年！

长期的教书育人生涯，使得龚全珍与学生们结下了深厚的师生情谊。教学上，她对学生严格要求；生活中，她对学生十分关爱。谁要旷课了，不管家离得多远，她都要亲自去家访；谁要生病了，她总会自己掏钱买点好吃的去看望。学生们称赞她既是严师，更像慈母。

有个叫刘岩恩的学生，经常不做作业，学习成绩很差，班主任管不了，就想抛“包袱”。龚全珍听说这事后，主动提出与班主任分忧，一定不能让这个学生掉队。她亲自找到刘岩恩，约好时间为他补课，让他能迎头赶上。谁知这学生不把这事放在心上，在约定的时间内又逃学了。班主任气得直跺脚，脸红脖子粗地嚷开了：“龚校长，这回你可亲自尝到了这些差生的滋味了吧？恨铁不成钢啊！”

龚全珍不以为然地笑了一声：“问题不能看得这样死啊！人总是会变化的，需要耐心，需要时间。我在九都中学任教时，班上有位叫严小姗的女学生，因为家里出身不好，背上了思想包袱，学习成绩急剧下降。我发现她的情绪不对后就经常找她谈话交心，她就是不吭声，不肯吐露实情。直至第5次找到她谈话时，她才哭着说出了自己的心里话。她说，龚老师，我出身不好，在学校里没人看得起我，家里也很穷，又是个女孩子，成绩再好毕业后也得回去务农，所以，思来想去不如干脆休学回家算了！我一听完她的话心里就着了急，马上有针对性地做她的思想工作，向她宣传党的阶级成分政策，宣传‘有成分论，不唯成分论，重在政治表现’的政策。严小姗慢慢有了思想变化，趁这个机会，我又主动向她伸出了援助之手，为她垫付了学杂费。严小姗很受感动，从此学习重新用功了。初三毕业的时候,成绩在全班排名第二。”

龚全珍的现身说法,同样也感动了这位班主任,她从内心深处发出了一声赞叹:“龚校长,你的言传身教将永远鞭策着我们如何在教育战线上做好教书育人这篇文章!”

最后,龚全珍又作出了一个惊人的决定:“既然这个学生不愿在学校补课,那我就上他家里去帮他补课!”

班主任不由大吃一惊,急忙劝阻道:“龚校长,这种做法不太妥当吧?”

龚全珍微笑:“有什么不妥当?”

班主任顾虑重重地解释道:“龚校长,要是这个头一开,以后学生们都不愿意在学校补课,怎么办?我们不就这几个老师,能分开身子上学生家补课吗?”

龚全珍连连摇头:“你把这问题想得太复杂了。要是全校的学生都要补课,说明我们的教学水平就有问题,这学校还能办得成么?”

班主任给堵住了,不再吱声了。

因为工作太忙,龚全珍决定晚上去刘岩恩家补课。谁知道这天安排的工作太紧张了,忙到晚上9点钟才结束,这时龚全珍才记起补课的事。有老师便劝她,这么晚了,天气又冷,还是明天去吧?龚全珍随口背起了一首诗:“今日复明日,明日何其多。我生待明日,万事成蹉跎!”说罢,她就手里捏着一个手电筒,独自走出了校门。

正值十一月的寒天,外面黑咕隆咚,苍穹像一个倒扣着的铁锅,伸手不见五指。冷风扑面,吹得人直打寒战。龚全珍拧亮手电筒,只能照亮前方两米远的地方。刚走出校门几步远,脑子里突然又打了个闪。糟糕,自己只打听到这位叫刘岩恩的学生家里住在洋桥村,至于在什么方位，那个屋场，可还没摸清楚啊！怎么办？龚全珍一咬牙，开弓没有回头箭，打定主意：挨家挨户打听。

来到洋桥村，只见家家户户大门紧闭，连灯光都看不见了。不用说，天冷夜深，人家早就上床睡觉了。这怎么好去敲门打听呢？

龚全珍这回可是进退两难了，只好又硬着头皮朝前走了一阵。就在这时，她终于发现路边一座小院里透出了亮光，而且传出了一阵甜甜的女童歌声。龚全珍顿时心头一喜，急忙疾步上前敲门。

"谁啊？这么晚了还敲门？"随着一声"吱呀"门声，只见灯光下几个女孩子仿佛正在排练舞蹈节目。还没等龚全珍开口发问，几个女孩子不约而同惊讶地叫起来："龚校长，怎么会是你呀？"

龚全珍凝神细瞧，这才发现面前的几个女孩子都是南陂小学的学生。她认得其中为首的两个，一个叫清兰，一个叫种兰。

龚全珍便笑着问道："夜都这么深了，你们怎么还在这里玩？"

清兰赶紧解释道："龚校长，我们不是在这里玩，而是在排练节目，元旦节不是要演出么？"

龚全珍似乎记起来了，连连点着头："那就预祝你们演出成功，节目夺魁！"

清兰接着又问："龚校长，这么晚了，你还在家访呀？"

龚全珍解释道："我是早已约好去给刘岩恩补课的。因为忙到现在，才记起这件事，真不好意思！"

清兰便又接上了话头："岩恩家住得偏僻，还真不好找，我们一起陪你去！"

龚全珍一听还真喜坏了："谢天谢地，今晚不是撞上了你们，我一个人恐怕转到天亮都找不到岩恩家了！"

于是，这几位小女孩欢呼一声，便像群星捧月似地将龚全珍围在中间，簇拥着她朝刘岩恩家中走去。

刘岩恩家同样大门紧闭，屋里静悄悄地，没透出半点灯光。只有关在屋里的那条家犬听见外面的动静后，便一个劲地狂吠起来。清兰她们随着大声呼喊起来："刘岩恩！刘岩恩！龚校长来了，龚校长来了！"

犬吠声和小女孩的尖叫声惊醒了屋里的人。岩恩的母亲急忙披衣下了床，撑着一盏煤油灯开了门，一听说是学校的龚校长上门来给自己的儿子补课，顿时感动极了，连忙招呼她们一齐进屋去坐，暖暖身子。

龚全珍估计岩恩这孩子早已睡熟了，这会让他从被窝里爬起来，说不定会着凉哩，于是临时改变主意，向岩恩的母亲解释道："大嫂，既然岩恩上床睡了，我们就不再打扰了。就请他明天到学校来，我再给他补课。"

岩恩母亲表示千恩万谢："谢谢龚校长，难为你一片深情照顾我的儿子，我明天一定让他来补课。"

龚全珍于是向对方告辞走了，走出好远了，还听得从黑暗中传来岩恩妈的一阵赞叹声："多好的一位校长啊，把我们的孩子都当成了自己的孩子！"

第二天大清早，刘岩恩便被自己的母亲从被窝里叫醒了："孩子，人家龚校长昨天半夜三更还跑来为你补课，你要再不好好学习，替人家争口气，以后就别进这家门了！"

从此，这刘岩恩还真像变了个人似的，变化可大了，再也不淘气，再也不逃学。在龚全珍的调教下，开始走向了正轨。他学习成绩不断提高，待人接物十分得体，后来他还评上了班级"三好"学生。

刘岩恩的转变和进步，让全校师生为之刮目。尤其是他的班主任对龚全珍更是钦佩之极，从内心深处发出了阵阵赞叹："龚校长，你才真正地做到了为人师表，什么时候我们才能学到你这一招呢？"

龚全珍呵呵笑了："这还不很容易么，只要我们时刻将学生当成是自己的子女，去呕心沥血地教育他们，就是一块石头也会炼成金的啊！"

这是龚全珍的肺腑之言。正是在这种精神的驱使下，使她扎根山区执教鞭，培养桃李志不移。

6

山区劳动收获多

只有心与群众一道想，力与群众一道使，汗与群众一道流，才能真正做到与群众心贴心。

劳动不仅能锻炼身体，重要的是还能创造财富和提升人的境界。

“霜降”这天，天还没亮，坊楼附近的几个山头便人声鼎沸，号子喊得震天响，山歌唱得飘云霄。沉睡的山乡突然间沸腾起来了，山上山下，风展红旗如画。

根据几个村的合约，今天开始统一采摘木梓。* 所以，天还没亮，各个村的男女老少只要能行动的，统统都上山来了，在各自生产队的油茶林里喜摘硕果。

在这摘木梓的大军中，突然出现了一支引人瞩目的队伍。他们就是南陂小学校长龚全珍率领的全校师生。今天也一个个精神抖擞，背着背篓，挑着箩筐，扛着红旗，唱着战歌，斗志昂扬地上山来了。

自从中央颁布了“教育要与生产劳动相结合”的教育方针以后，每年的农忙季节，全体师生都要放农忙假，支援农村抢收抢种。这是一次劳动锻炼的极好机会，龚全珍把它称作“淬钢火”。

---

* 木梓：绿叶灌木，深秋时结果，可制作茶油。

说实话，龚全珍原来在新疆教书时很少参加体力劳动，即使参加了也是做做样子，决不像现在这样真刀真枪地甩开膀子干，要流一身大汗，要湿透全身衣服。

可不，你瞧，众人一上山，便三个一堆、五个一伙地围着一棵棵木梓树，手忙脚乱地干开了。望着这一颗颗金灿灿、黄澄澄，甚至露出些微胭脂红的油茶果，众人的心都陶醉了。仿佛这油茶果很快幻化成了一串串金黄色的茶油，在空气中散发出阵阵诱人的香味。

一棵一棵的油茶树全给摘光了，一箩筐一箩筐的木梓全给装满了。按照惯例，摘好了的木梓就得往山下送，挑回家后再向另一个山头发起进攻。

龚全珍从小在城里长大，没有养成挑担的习惯。所以这次上山只背了一个背篓。别瞧这个小背篓，装满木梓后还挺沉重，足足三十多斤往上，压得人喘不过气来，特别是下山时更加举步维艰。山高坡陡，上山吃苦，下山更难。一步一颠，必须把握好身子平衡，一旦失去平衡，就会摔跤。龚全珍本来就没走惯山路，加之又背着这 30 多斤重的木梓，早已消耗了不少体力。这会下山自然更加提心吊胆，双腿颤抖，脚步踉跄，一摇三晃。嘴里不住地默念着：小心，小心！

谁知道这第五声“小心”刚出口，右脚一打滑，身子便倾斜了，幸亏她眼疾手快，及时伸手抓住了路边的一棵树，这才稳住了身子。谁知背上的背篓一颠簸，竟倒出了许多木梓，顺着山道朝下滚。这一滚不打紧，让走在前头的几个学生踩着了，身子一滑便跌坐在地上。顿时，就像起了连锁反应似的。这几个学生全被圆滚滚的木梓滑倒了。于是，山坡上便又引起了一连串的嬉笑声。

龚全珍发窘了，嘴里不住地做着自我批评：“都怪我！都怪我！”

生产队长哈哈大笑:“龚校长,你就别太认真了,这样的事会经常发生哩!莫要紧,莫要紧!”

真的,那几个学生还挺机灵,从地上很快爬起来,将散落在地上的木梓又一颗颗全捡回到了自己的背篓里,嘻嘻哈哈地又朝山下走去。龚全珍这才放心地笑了。

经过一整天的紧张劳动,晚上躺在床上,龚全珍还真感到浑身上下一阵酸痛,在床上辗转反侧,有时还会发出两声轻微的呻吟。心里便不住地埋怨自己,才40岁的年纪怎么就经不起体力劳动的敲打?人家农村的劳动妇女一个当自己三个!再比比自己的丈夫,已经60多岁了,还天天在坚持体力劳动,从不见伤风感冒,记得刚从新疆回来时,那位苏联专家临别时还叮嘱他回农村好好休养两年,能挺过六十岁就不错了!可如今,甘祖昌已年逾花甲,越活越年轻了。什么缘故?他总结的经验就是一句话:劳动锻炼身体,劳动益寿延年!看来这真是颠簸不破的真理。

想到这里,龚全珍精神振作起来了,浑身的疼痛似乎也减轻了许多。她暗自赞叹,怪不得上级号召将脑力劳动和体力劳动结合起来,看来还真是如此!劳动不仅能锻炼身体,重要的是还能创造财富和提升人的境界啊!只有心与群众一道想,力与群众一道使,汗与群众一道流,才能真正做到与群众心贴心啊!

龚全珍就这么想着、想着,越想心里越明亮,越想心中越舒畅,不知不觉响起了轻微的鼾声,睡梦中嘴角边还漾起了甜蜜的笑容,好几次甚至笑出声来。

打这起,龚全珍更加热爱体力劳动了。以后无论是农忙假,还是学校搞勤工俭学,龚全珍总是身先士卒,带头冲锋在前。

这天,有几位高年级的学生提出星期天上山捡柴,给军烈属家送温暖。龚全珍表扬他们是在做好人好事，同时自己也报名参加了。

第二天清早，他们就结伙上了山。山上的柴很多，学生们钻来钻去很快就捡好了一担，而龚全珍是和尚做姑爷——头一次，自然没经验，等人家准备挑柴下山了，她才捡了一小捆。有个叫甘昔娥的学生看见校长笨手笨脚的不在行，便主动跑过来帮忙。很快捡了一大堆，准备分成两把挑，却又担心她挑不起。龚全珍一瞧学生挑的比自己的多得多，脸上有些害臊了，坚持不要甘昔娥抽减自己挑的柴。

一切准备妥当后，大伙便挑柴下山了。龚全珍走在最后，说是断后，其实担心自己走不动会挡了人家的路。事实还真如此，龚全珍的担子刚上肩，便觉得像压了座山似的，腰间直往下挫，还刚走几步，脚下一滑，"扑通"一声，屁股便坐在地上了。

"龚校长，怎么啦，是不是跌跤了？"前头离她不远的甘昔娥听见响动，急忙大声问道。

龚全珍不由一惊，生怕让学生看见了，急忙从地上爬起来，大声回应："没有！没有！继续赶路吧！"

谁知站起来以后，龚全珍觉得自己的两条腿更不听使唤了，仿佛灌了铅似的，再也挪不动步子了。她只好咬紧牙关，攒足力气，拼命催促自己前进、前进。好不容易迈出了几步远又得歇下来，喘几口气后，又试着朝前挪。这时候，她便又有点后悔了，早知道自己这副样子，何必硬要顾面子打肿脸充胖子呢？这时，走在最前面的学生早已不见人影了，也听不到他们的声音了。坑坑洼洼的崎岖山道上，就剩下龚全珍孤零零的身影。四面寂静无声，偶尔传来一阵风吹草动，她便吓得毛发皆竖。还真想将这柴担扔了，赶快抽身下山。然而，这念头刚一闪过，她便大骂自己混账！连这小小的考验都经受不了，如果是在战场上，岂不是要当逃兵？

就在这时，她又想到了丈夫甘祖昌，人家9岁时就跟着大人挑脚，每天要走几十里的路，不也一步步地挺过来了！人啊，应当自立！

想到此间，龚全珍顿觉力量倍增，猛然精神一震，挑起柴担又朝山下走去。一步、两步、三步……她咬紧牙关，命令自己不准停下来。

“龚校长！龚校长……”一阵呼喊声从山下传上来，越来越近了。原来是甘昔娥接应自己来了。

龚全珍不由感激万分。

当天晚上，龚全珍在自己的日记本上记下了这么一段文字：

……怎么办？在我的思想里又出现了两种想法。先想的是，既然自己已经试过了，捡不得柴算了，以后抽空多挑几担沙，也是同样的劳动，何必硬要做自己难做的事呢？搞得不好跌伤了，岂不自找麻烦？想到这里，觉得好像也有几分道理，思想也就平静下来了。晚上准备记日记时，这个思想又翻腾起来。我想：为什么我会跌倒？因为路滑，因为自己爱面子背得稍微多了，自己脚力差；上了山，用了力，下山时腿酸，再加上路滑，一溜就跌倒了，不过一点也不痛，再跌几跤也跌不坏人。就这点困难吓倒了人，就不敢再上山捡柴了吗？这显然是道路上的钉子，一定要拔掉它！……

由此，龚全珍得出一个结论：困难像弹簧，你强它就弱，你弱它就强。高山流水长，志大精神旺！

龚全珍为了加强自己的劳动观念，不管是脏活、重活，她总是争着干，抢着干，不怕脏，不怕累，不仅能苦干，而且还学会了巧干。

她知道自己挑担的能力不行，就学会了推土车。这样一来干活就能事半功倍了。平日只能肩挑30斤，推土车就能装上百多斤。龚全珍曾经在1966年11月8日的日记中这样记述：

下午劳动，大家干劲很高。我下定决心学着粉墙。刚开始干，掌握不了刷墙的规律，所以身上、腋下、头上都是石灰。练了一下，就顺手了。可见世上无难事，只怕有心人。有决心就一定能办得到。

而在同年11月18日的日记中，龚全珍再次记述了自己参加体力劳动的体会：

学生捡木梓，老师留在学校搞劳动，早上担炭。思想上斗争了一阵子，才下定决心推上土车子。土车子比较省劲，靠肩膀担，我这个肩膀怕练不出来了。推土车子手肩并用，省一半力。我能担50斤就可以推100斤。就这样，我推着车子出发了。比起男老师来我很惭愧，他们的面前像一座小山一样，而我只有这么一点点，还出了一身大汗。路上同志们还帮我拉上坡。越离学校近，脚下越沉重，一定要坚持，坚持就是胜利……

龚全珍把劳动锻炼与改造世界观结合起来，还真产生了强烈的社会效果。她经常给老师布置作业，让他们要求各班学生写参加劳动的体会和心得文章，同时举办有关这方面的征文和演讲活动，以进一步加强全校师生的劳动观念。

有一天晚上，龚全珍在整理自己的藏书时，无意间发现了一册《格言、警句、谚语汇编》，于是仔细翻阅了一番，心有灵犀了，当即摆开纸张笔墨，忙了整整一个通宵。

第二天，学校门口的宣传栏前，挤满了不少老师和学生，似乎在津津有味地欣赏佳作妙文。

宣传栏里张贴的都是有关勤劳节俭的格言、警语：

勤奋者留下——青春似火，果实累累；

懒惰者留下——满头白发，两手空空。

劳动者能把石头变成金子，怠惰人会把金子变成石头。

星星和月亮在一起，珍珠和玛瑙在一起，庄稼和土地在一起，幸福和劳动在一起。

一粥一饭，当思来之不易；半丝半缕，恒念物力维艰。

……

教师们都感慨说，龚校长通过劳动，升华认识，并用以教书育人，用心良苦矣！

7

雪中送鞋助人难

经过一番激烈的思想斗争，最后还是“完全彻底为人民服务”的精神占了上风。

这位正直的人民教师怎么也想不通，为什么现在的社会风气突然变得这样奇怪了，连做好人好事都困难了！

1966年的冬天似乎来得格外早，气候也十分严寒，细雨扑面，冷风刺骨。人们出门就得将自己包得严严实实，稍不小心，就会引起伤风感冒。

这天大清早，龚全珍便和甘昔娥挽着竹篮一起赶到野外挖野菜了。

挖野菜干啥？难道又缺粮了？

不，根据上级的布置，生产队已通知各家各户大力开展“忆苦思甜”的阶级教育活动。吃野菜，忆从前，牢记当年的血泪仇，不忘阶级苦，已成了群众的自觉行动。人们的政治热情空前高涨。所以，这回当龚全珍和甘昔娥来到野外时才发现，大片大片的野菜早已让人采光了。于是她便突然产生了一种落后的感觉，急忙转身朝另外一个方向去寻找。

找啊找，刨啊刨，折腾了整整一个早晨，两人才各自采满了一竹篮野菜。这时才觉得腹内如鼓鸣，肚子在唱空城计了。于是，急忙朝家赶去。

途经昔娥家门前时，从屋子里飘出一阵蒸红薯的香味，还真刺激了两人的肚子。昔娥便一把扯住龚全珍直朝屋里拖：“龚校长，肚饥了，先到我家啃几个红薯填填肚子吧!”

俗话说,饥不择食。这时的龚全珍还真想有个红薯充饥该多好!可就是有点不好意思占这个便宜,自己是个共产党员啊,必须坚持时时、事事、处处严格要求自己,任何时候都不能侵犯群众利益。可转念一想这昔娥是自己平日最要好的朋友,又是师生关系,吃她家一只红薯不必小题大作。终于架不住对方的诚心诚意邀请,进门稍歇了片刻,吃了两只热气腾腾的红薯,填饱了自己的肚子。

出门以后,龚全珍又后悔了。她想起了最近报纸和广播里宣传的一条“最高指示”(毛主席说的话):“锦州那个地方产苹果,解放军进城以后,一个苹果都没吃。不吃是高尚的。”对照“最高最新指示”,龚全珍真后悔了。这些日子天天学《毛选》,怎么到了关键的时刻就经不起考验呢?我呀,太自私了!

龚全珍拎着一竹篮的野菜朝家走去,一路上低着头自怨自艾,十分后悔不该吃这两只红薯。突然,后面传来一个女孩喊她的声音:“龚校长,这么早您就挖野菜去了?”

龚全珍扭头一望,原来是自己的学生启兰。于是便也问道:“今天是星期日,你还上学校去干啥?”

启兰回答道:“社教工作组找我谈话哩!”

龚全珍“啊”了一声,那双眼睛突然像铁块被磁铁吸引了一般,只管紧紧地盯住了启兰的脚下。

“龚校长,你……”启兰给盯得有点局促不安。

龚全珍将竹篮放过一边,然后弯下身子,指着对方脚下的那双浸在泥水里的烂鞋心痛地喊起来:“启兰,瞧你这双破鞋,脚趾头都钻出来了,冻得通红通红的,你脚就不觉得痛吗?为什么不穿雨鞋呢?”

启兰的小面孔立刻浮起了一片红晕，讷讷解释道：“龚校长，我的雨鞋在水库工地上搞劳动给丢了，就剩下这双破鞋了。”

龚全珍生气地摇了摇头：“为什么不再重新买过一双雨鞋呢？究竟是这双脚重要，还是钱重要呢？”

启兰不再吭声了，半晌才带着哭音说：“家里没钱。哥哥要是知道我丢了雨鞋，肯定还要打我，我也不敢说。”

龚全珍的心口便哆嗦了一下，半晌才说：“让我给你想想办法吧！”

启兰什么也没说，低着头朝前走了。走出好远了，龚全珍还听得她那双破鞋走路时发出的“啪哒、啪哒”的声音，仿佛像一声声鞭子在抽打着这位女校长的心。

回到家里后，她将那篮野菜朝灶屋间一放，眼前便又浮现了启兰那双泡在泥水里，冻得通红的脚，一种怜悯感倏地又浮上了心头。“怎么办？我应当帮这可怜的孩子一把！”

她搜遍了身上所有的口袋，终于找出了 3 块多钱。

这 3 元多钱当然可以给启兰买一双雨鞋。可是，花光了这 3 元多钱，自己就没钱用了。万一急需钱用时咋办？离发工资还有好几天，上哪儿去借？这一来，龚全珍又左右为难了。

经过一番激烈的思想斗争，最后还是“完全彻底为人民服务”的精神占了上风，龚全珍毅然决定，先将这 3 元多钱花在启兰身上。用她的话解释，钱可以买雨鞋，但买不回一双活生生的脚！就像医生救死扶伤那样，先应当考虑生命，而不是考虑钱一样。于是，龚全珍当即用这钱从供销商店买回了一双崭新的雨鞋。

雨鞋买回来以后，龚全珍突然又后悔了。为什么？因为她记起去年搞“社教”时，曾经有人向她提意见，说她平日为学生垫付学杂费，买吃东西去学生家家访等助人为乐的事，纯粹是搞物质刺激，也是为显示自己摆阔气。龚全珍听了，还真是哑巴吃黄连——有苦说不出。但在那种咄咄逼人的形势下，也只好赔着笑脸，表示虚心接受意见。

今天，买了这双雨鞋送给启兰，会不会又惹人闲话，授人以柄呢，会不会造成不良影响呢？

龚全珍进行了一番激烈的思想斗争。这位正直的人民教师怎么也想不通，为什么现在的社会风气突然变得这样奇怪了，连做好人好事都困难了！

最终，龚全珍还是决定要帮启兰买双鞋。她做好了充分的思想准备，假如现在再有人来反对她这种善举，她就会理直气壮地反驳对方："如果在冰天雪地里光着脚的女孩是你的女儿，你能无动于衷，不管不顾吗？何况对方也是贫下中农的子女，作为一名共产党员，难道连这点爱心都没有吗？"

理由充足了，底气上来了，龚全珍便毫不犹豫地将买来的这双雨鞋高高兴兴地交到了启兰的手上。

可怜的小女孩接过这双雨鞋时，感动得热泪盈眶，一句话也说不出来。等到龚全珍转身要走时，她才从喉咙深处挤出一声："龚校长，我该怎样才能报答您呢？"

"好好学习，天天向上！"龚全珍只回答了这么一句话，便头也不回地走了。

谁知道第二天她做梦也没想到，启兰又将这双新雨鞋交还给了龚全珍。

龚全珍不禁大吃一惊，连声问道："为什么？为什么？"

启兰哽咽着，好不容易从嗓子眼里挤出一声："不为什么？"

龚全珍的心口就像猛地被人捅了一刀,难过极了。

启兰似乎有点过意不去,只好嗫嚅着喃喃解释:“我……问过了……生产队的……工作组……他们说……这是……物质刺激……糖衣炮弹……决不能收!……所以……所以……”启兰说不下去了,一扭头便哭着跑了。

龚全珍将这双雨鞋紧紧地捧在自己的胸前,再也说不出一句话来。脑海里始终在盘旋着这么一个问题:“难道社会风气真的要变了,做好人好事不再是为人民服务,而是在搞物质刺激,在搞糖衣炮弹?天哪,为什么一下子真理和歪理完全颠倒了?这究竟是怎么回事啊?”这时,她的心情还真有点像楚国时期的那位屈原大夫,徘徊在汨罗江边,仰头问天天不应。

山雨欲来风满楼,黑云压城城欲摧。龚全珍当然做梦也没想到,蚂蚁出洞,预示着暴雨来临!这种种迹象表明,在中国的大地上即将发生一场大灾难!刚刚拉开帷幕的“文化大革命”正以雷霆万钧之势,猛烈地冲击着神州大地,在所谓的“横扫一切牛鬼蛇神”的运动中,祸及不少无辜,生灵涂炭!

厄运,同样也降临到了善良的龚全珍的头上。

8

险风恶浪等闲渡

你们当干部也好，当老师也好，只要为老百姓做了好事，老百姓就会时刻记在心上。

我们应当相信党。真理有时候还需要时间来检验。所以说，疾风识劲草，烈火炼真金。一时强弱在于力，万古胜负在于理。就是这个道理！

夏天的傍晚，晴朗的天空突然一下子变得灰暗起来，随着乌云翻滚，几声震耳欲聋的炸雷响过，一场倾盆大雨从天而降。那沉重的雨柱，像闪光的鞭子，从空中凶猛的拍下来，抽打着大地。豆大的雨点溅起了一朵朵晶莹的水花，汇成了一道道激流，朝低洼处蹿去……

正在野外干活的人们被这突然而至的暴雨浇得一个个像落汤鸡似的浑身上下湿透了，只得提前收工，脚步匆忙地朝家里赶。随即暮色四合，夜幕降临。

“爸爸，妈妈今天怎么还没回家呢？”刚刚从外面进来的甘祖昌迎面被小女儿拦住，抱住他的一双大腿问道。

甘祖昌不由一愣，是啊，今天是周末啊，按照惯例龚全珍今晚应当会回家的。于是，便安慰小女儿道：“你妈在学校还有点事，马上就会回来的。”

“回来了！回来了！妈妈回来了！”甘祖昌话音刚落，小女儿一眼便瞧见了门外龚全珍的身影，兴奋地拍着小手迎上前去。

甘祖昌扭头一瞧，不由吓了一大跳。只见夕阳晚照中的龚全珍似乎换了个人似的，让甘祖昌几乎认不出来了。只见她形容枯槁，脸色憔悴，头发凌乱，双目无神，衣衫不整，也不言语，神情木讷地望着走过来的小女儿，没有任何表示。

甘祖昌急忙趋步上前一把扶住她，连声问道：“全珍，你怎么啦？是不是病了？”

龚全珍无力地摇了摇头，嘴唇抖动了几下，什么也没说。愣了半天，突然扑进甘祖昌的怀里，失声痛哭起来，这一哭吓坏了小女儿，也跟着号啕起来……

甘祖昌胸口剧烈地跳动起来，预料中的事情终于发生了。

前些日子，甘祖昌从收音机里听到“文化大革命”的风暴已经从城市刮到农村来了，先是“破四旧”，后来变成了专揪各单位的所谓“走资派”，而且从“文斗”上升到了“武斗”。更让他感到难以理解的是，此刻从上到下的各级党政机关基本上都瘫痪了。那位副统帅却还在下命令：“理解的要执行，不理解的也要执行。”

作为一名老一辈的无产阶级革命家，作为一名老一辈的共产党员，他也只能三缄其口了。然而，想不到这“革命”会革到自己家里来了，他能不震惊么？

甘祖昌将龚全珍扶进里屋，帮她洗了脸，梳好了头，让她心情平静下来以后，才开始打听这事的来龙去脉。

龚全珍告诉他，这些日子一直遭到学校内的“造反派”围攻、谩骂，还给她扣上了“走资本主义道路当权派”的帽子，大字报贴满了校园。他们还组织全校师生无休无止地批斗她，谁也不敢再接近她了，就好像她得了传染病似的。就连平日与她要好的师生也纷纷躲开她，唯恐被人家扣上“阶级立场不稳”的帽子。

“胡闹，胡闹，简直是胡闹！”甘祖昌怒不可遏，生气地问道，“他们批斗你的理由是什么？”

“他们说我压制他们的革命行动，阻止了他们外出革命串联。”龚全珍气得胸脯一起一伏，“我解释说国务院已经下发了文件，小学不准搞串联。可人家根本就是不听，还是要无理取闹。今天又组织人对我进行了批斗。听说他们还准备与公社的造反派组织取得联系，要定我一个反党、反社会主义、反毛主席革命路线的‘三反’分子，批斗将要持续升级！”

“那你做好了什么样的思想准备？”甘祖昌双目炯炯有神地盯着妻子问道。

“什么思想准备？大不了我把这条命交给他们！”龚全珍气愤地回答道。

“不！这种想法错了！”甘祖昌严肃地批评道，“这是一种悲观厌世的消极态度。作为一名真正的共产党人，在这种特殊的情况下，越是要珍惜自己的生命，保存好革命的本钱。等到云开雾散之日，就能还自己一个清白！”

龚全珍叹息一声：“可惜现在是无人信高洁，谁为表予心啊！”

“这话又错了！”甘祖昌话语变得铿锵有力了，“我们应当相信党。真理有时候还需要时间来检验。所以说，疾风识劲草，烈火炼真金。一时强弱在于力，万古胜负在于理。就是这个道理！”

水不激不跃，人不激不勇。甘祖昌这席充满哲理的话语如醍醐灌顶，让龚全珍坚定了信念。她从这位革命伴侣的身上汲取了前进的动力，变得英勇无畏了。她重新鼓起了勇气，准备迎接这场特殊的挑战，险风恶浪等闲渡。

真理像太阳，巴掌掩不住。在“文革”中，倒行逆施的人毕竟是少数，而大多数受蒙蔽的人在日益觉醒，天良萌发，再也不助纣为虐了。南陂小学的大部分革命师生同情龚全珍了，因为他们不但没有发现龚全珍平日的反党、反社会主义、反毛主席的言论，而且认定她是一位为发展山区教育事业，呕心沥血，作出了重大贡献的好校长、好老师。一个城市里长大的大学生，长期扎根在山窝里执教，这种精神本身就足以令人钦佩、信服的。所以，后来在批斗龚全珍的会议上，有的小骂大帮忙，有的干脆不发言，有的还在暗中写纸条递给她，鼓励她不要害怕。

龚全珍通过这些活生生的事实，深深地体会到“相信群众，相信党”这句话的力量。

这天周末，学校的造反派头头通知龚全珍：“这个星期天你不能再回家了，必须在学校里写检查。”

龚全珍不由火了，生气地责问道：“这么说你们要剥夺我的人身自由了！”

造反派头头鼻孔哼了一声：“我们实行的是无产阶级专政！当然不会给走资派自由了！”

龚全珍于是又提要求道：“那我还得回家去拿换洗的衣服！”

“不行！”造反派头头恶狠狠地哼了一声，掉头走了。

龚全珍这才发现，自己的房门给上了锁，外面还有一个人手持木棍看守着。她只得无可奈何地叹了口气，退回到床沿边，干脆躺在床上，闷闷地睡了。

不知道过了多久，等龚全珍睁开双眼一看，天已经黑了，这才记得自己连晚饭都还没吃,肚子在咕咕地叫了。

就在这时,只听得外面一阵脚步响,随即又传来扭锁的声音。龚全珍急忙点亮煤油灯,只见房门推开了,闯进来一位中年汉子。

“你是谁?”龚全珍紧张地喝问道。

中年汉子摆了摆手,压低声音回应道:“别出声,我是特地前来搭救您的!”

“搭救我的?”龚全珍问道。

“是啊,龚校长,您已经遭遇险境了,恐怕自己还不知道吧?”中年汉子小声地解释道,“明天他们要把您抓到九都中学去开批斗大会,公社的造反派也会参加,准备对您架‘喷气式’,批完后还要全公社游行,一个村,一个垅地游,非要把您往死里整不可!”

龚全珍一听脸都吓黄了,气愤地骂道:“他们就不怕杀人要偿命?”

中年汉子叹了口气:“龚校长,您没见着这年头非正常死亡的人有谁被追究过?好汉不吃眼前亏,还是赶快逃命去吧!”

龚全珍一听对方把情况说得那么严重,当然不敢怠慢,急忙跟着人家朝外走。

半路上,龚全珍又问对方是哪个村子的,为什么要冒险前来搭救自己?

对方回答说,自己是坊楼人。因为儿子曾经在她班上念过书,经常得到她的关照。有一次生病了,她亲自将他送进坊楼医院,自己掏钱替他看了病,买了药。所以,他们父子俩时刻将这恩情记在心上。

龚全珍“哦”了一声,还是记不起来。这么多年来,从九都中学到南陂小学,她连自己都不知道接济了多少学生。于是便问中年汉子儿子的姓名。

中年汉子连声回应:“龚校长,你就不必打听得那么详细了,反正你们当干部也好,当老师也好,只要为老百姓做了好事,老百姓就会时刻记在心上。老百姓的眼睛是雪亮的,谁个好,谁个歹,心里都有个底,分得清是非曲直!”

说话间,中年汉子已经将龚全珍送进了沿背村里,便叮嘱她这几天不要去学校了,暂时避下风头,等到形势有了好转,再出来露面也不迟。

龚全珍自然感激不尽,千恩万谢。突然她又记起什么似的,急忙拉住对方的手问道:“今晚你帮了我这个大忙,会不会连累你自己呀?”

对方胸有成竹地回答道:“不会的。因为我的行动很秘密,什么人也不会知道。刚才进到你们的学校时,也是很隐蔽的,没人发现。”

龚全珍这才握着对方的手重重地抖了几下,充满激情地道:“大哥,谢谢你了! 我龚全珍永远也不会忘记你的!”

中年汉子连忙也表示心迹:“龚校长,祝你们这些好人四季平安,长福长寿!”

“文化大革命”结束以后,尽管龚全珍再也没有找到当年的这位救命恩人,但她始终没有忘却这桩感人肺腑的事,经常教育自己的子女,老百姓不仅是我们的衣食父母,更是我们在艰难困苦中敢于援手相助的恩人。任何时候我们都不能忘了他们,任何时候都要紧密联系群众。

正是基于这种朴素的阶级感情,所以龚全珍几十年如一日,一直保持了时刻联系群众的优良作风,不断培养为群众排忧解难的优秀品质,始终弘扬党“全心全意为人民服务”的优良传统!

9

女儿花衣慈母心

你瞧，这是你爸爸穿了20多年的毛线裤，我替他不知补了多少次，可他就是舍不得换下来。嘴里总是念叨着这句话："新三年，旧三年，缝缝补补又三年。"

从今以后，我一定要继承和发扬爸爸妈妈艰苦朴素的精神，处处严格要求自己，当好革命的接班人！

甘祖昌解甲归田，回乡务农以来，一直倡导和发扬艰苦奋斗的光荣传统。他以身作则，为人表率，克勤克俭，节衣缩食，淡泊明志。长年累月穿着和乡亲们一个样子，都是粗布和平布做的衣裤。龚全珍和孩子们也都在他这种朴素精神的熏陶和影响下，纷纷效法，形成了满门节俭简朴之风，赢得了群众的交口称赞，而龚全珍作为一个贤妻良母，在教育子女方面，同样付出了自己不少心血。

然而，外界的诱惑对孩子们的成长无疑会不断产生影响，甚至使孩子发生心态的变化。做母亲的有时也感到心力交瘁，备受操劳。

这天，小女儿从学校放学回家后竟然向龚全珍提出了这么一个令人啼笑皆非的问题："妈妈，我们四姐妹究竟是男孩还是女孩？"

龚全珍被女儿天真的提问逗乐了，歪着脑袋问道："那你说究竟是男孩还是女孩呢？"

“男孩！”女儿回答得挺干脆，斩钉截铁。

“为什么？”龚全珍大吃一惊，不明白小女儿葫芦里究竟卖的什么药，双眼直勾勾地望着她。

小女儿冷笑了：“妈妈，既然我们是女孩，为什么我们从来没有穿过花衣服？你说，我们不是男孩是什么？”

龚全珍不由一愣，随即明白过来了，原来女儿在与别的女孩比衣着，便又好气又好笑地用手指点着女儿的额头呵呵大笑：“鬼丫头啊，想不到你还真是人小鬼大，竟会变着法子将妈妈的军了？”

女儿便嘟起了嘴巴：“妈妈，我说的可都是大实话。我们跑到外面去，人家都笑我们是假小子！”

“假小子怎么啦？假小子不是人吗？”龚全珍生气地抬高了嗓门。

“我就不做假小子！”女儿气得双眼直流泪。

看见女儿哭了，龚全珍的心又软了，急忙抱住她安慰道：“孩子，你们应该向你爸爸学习。你瞧他还是个将军哩，长年累月穿着粗布褂子，肩上搭着一条白布带，脚下一双草鞋，可谁也没笑他寒酸，反而敬佩他的俭朴。我们作为他的亲人难道不感到骄傲和自豪吗？难道不能向他学习吗？”

“不，爸爸是爸爸，女儿是女儿。他是大人，我们是小孩；他可以不讲究穿着，我们女孩子为什么不能穿漂亮点？”女儿理直气壮地反驳母亲。

女儿这话语还真堵得母亲哑口无言了。半晌，龚全珍才叹出一声：“孩子，你究竟想要干什么？”

“我要穿花衣服！”女儿回答得还是挺干脆。

龚全珍连连摇头：“不行，要是给你做了花衣服，那你的姐姐她们呢？你知道从新疆回来，我们要添置棉被、蚊帐等很多家用，借了大量的布票，所以我们连续 5 年的布票都在用来还债，你几个姐姐也 5 年没有做新衣服了，假如你们四姐妹都要添置花衣服，哪来这么多的布票？”

“没钱？”女儿不依，“爸爸每个月300多块钱的工资，加上你每个月80多块钱工资。这么多钱只要抽出个零头就可以给我们四姐妹每个人缝一件花衣服了！”

龚全珍脸色一沉，训斥女儿道：“死丫头，你是真不知道，还是装疯卖傻？自从我跟你爸爸回乡务农以来，他的工资几乎全部贡献给村里了。买化肥、修水利、建电站、做校舍，哪样不是花他的钱？而我自己这80元工资要维持全家10多个人的吃穿，不省吃俭用行吗？不当家不知柴米贵！要比就比学习好，比衣着算什么本事啊！”

不知是见母亲动了怒，还是觉得母亲话有道理，淘气的小女儿不再吭声了，只是使劲地抽了几下鼻子，然后就背着书包进到自己的房间里去了。

望着小女儿怏怏不乐的背影，龚全珍的心头又是一沉，小女儿提出的要求并不过分，爱美之心人皆有之。何况还是个女孩，谁不爱打扮自己呢？

龚全珍这么一反思，有点左右为难了。不答应小女儿的要求吧，有点于理不通；答应了吧，又会产生一系列的连锁反应，造成家庭经济上的压力！

中午时分，甘祖昌从田里干活回来了，龚全珍便将这件事情与丈夫做了详细交流。甘祖昌沉默了半晌，没吭一声。最后，还是将这皮球踢给了妻子：“全珍，这事我就不好插手了，你瞧着办吧，该怎么处理就怎么处理。”

龚全珍于是只好征求三个大女儿的意见，她们一齐表态说，我们长大了穿什么衣服都行，花里胡哨的还挺不顺眼，小妹喜欢就给她做身花衣服吧！

三个大女儿这么表了态，龚全珍还是感到心里过意不去。手心手背都是肉，单单溺爱小女儿也不行啊！特别是要动用家庭的经济开支，她也怪心痛，龚全珍也沾染上了丈夫那种“小气”性格了，恨不得一分钱当作两分钱用。现在要为小女儿添置花衣服，她同样打起了小算盘。

甘祖昌似乎瞧穿了她的心思似的，脑子一动，替妻子想到了一个两全其美的办法：“全珍，你还记得么，我们从新疆回来那年，不是还带回了一个花被面么？”

龚全珍愣了片刻，猛地也记起来了，连连点头回应：“不错，不错，印象中是有这么回事。”

一番翻箱倒柜，终于寻出了这个花被面，龚全珍眉开眼笑了：“老甘，还真能做一件花衣服啊！”

甘祖昌比量了一阵子，嘿嘿笑了：“这被面要是请别人做，恐怕给小女儿做件花衣服都吃紧哩。不过，让我来剪裁，还可以做件婴儿的小肚兜，以后等村里有人生了小孩，还可以拿去送人情。”

龚全珍便将这件花被面朝甘祖昌怀里一扔，嘻嘻笑道：“既然你毛遂自荐，这事一客不烦二主，就有劳大驾了！”

甘祖昌“嘿嘿”笑了：“这不是‘奖懒罚勤’吗？”

龚全珍趁机调侃：“你就别担心，杨宗保阵阵离不开穆桂英，我给你打个下手吧！”

夫妻俩说干就干，铺开床板就剪裁，扛出缝纫机踩得哒哒响。不消一个时辰，一件花衣服就做好了。剩下一块小布料，不出甘祖昌的预料，还真缝成了一个小肚兜。

第二天上学时，龚全珍给小女儿换上了这件花衣服，小女儿高兴得笑歪了嘴巴。在去学校的路上又蹦又跳高声唱着：“小燕子，穿花衣，年年春天来这里……”

龚全珍瞧着小女儿心满意足的样子，不由地舒心地笑了。可不，应了一句俗语：“娘肚里有儿，儿肚里没娘。”为人难报父母恩啊！

谁知道黄昏的时候，小女儿放学回来，一进家门，便将身上的这件花衣服脱了扔在地下，眼泪流个不停。

龚全珍又吓了一跳，慌忙上前问道：“孩子，你又怎么啦？”

女儿只是埋着头哭，什么话也不说。

小女儿将头一扭，抽抽噎噎地回答：“是妈妈欺骗了我！”

龚全珍又好气又好笑：“妈妈欺骗了你？这是怎么回事啊？”

小女儿用手背揩了把眼泪，气愤地责问：“妈妈，你实话告诉我，这件花衣服是不是有人穿过后给我的？”

龚全珍听话听音，听出了点名堂出来了：“孩子，这件花衣服究竟怎么啦？”

“班上的同学都笑我，说我身上穿的花衣服是旧的，是人家的孩子穿了不要的，让我给捡着了！”女儿自尊心挺强，说完这话又伤心地哭了。

龚全珍终于明白了怎么一回事，只怪这件事先没有向女儿做个详细的说明，才让这小家伙受了委屈。于是便将她搂进怀里，替她擦干眼泪，这才语重心长地打开了话匣子：“孩子，怪妈妈没有事先向你交个底。这件花衣服确实是我和你爸爸俩专给你缝制的，谁也没有穿过。只是布料是个被面花布，时间长了，旧了一点，所以让人误会是件旧花衣服，对不起！”

“那你们为什么要用旧被面给我做衣服呢？”小女儿气得跺脚大叫。

龚全珍脸色一沉：“还不是为了厉行节约，以旧代新嘛！”

小女儿又大叫了：“你们做爹娘的怎么这么小气啊！”

龚全珍心头一沉，再也没有说话，转身从里屋双手捧着一条毛线裤走出来，放在女儿的面前，喉咙哽咽了："孩子，是的，做爹娘的还真是小气惯了。你瞧，这是你爸爸穿了20多年的毛线裤，我替他不知补了多少次，可他就是舍不得换下来。在新疆时，那里盛产羊毛，而且又便宜，我要帮他买条新的羊毛裤，他说什么也不答应。嘴里总是念叨着这句话：'新三年，旧三年，缝缝补补又三年。'瞧，这条裤子究竟穿了多少个三年，恐怕他自己也说不清楚啊！"说到此间，龚全珍鼻子一酸，眼泪夺眶而出了。

小女儿被眼前发生的一幕怔住了，还没等她回过神来，母亲已泣不成声了："孩子，不要说你爹，就连你娘自从从新疆来到莲花后又添置了多少衣服？这些年穿的，大部分都是从新疆带回来的旧衣服，缝缝补补不知道穿了多少年！相信你们做儿女的都会把这些看在眼里，娘没说假话吧？"

龚全珍说得很动情，小女儿听得发呆了，感情在逐渐发生变化，终于慢慢醒悟过来了，猛地张开双手扑进龚全珍的怀里，哭着流下了后悔的泪水："妈妈，我错了，我错怪你们了！"

龚全珍也破涕为笑，将女儿紧紧地搂在怀里，不住地安慰道："孩子，知错能改不为过，认识错误就是好孩子。从今以后——"

还没让龚全珍把话说完，小女儿便抢过了话头："从今以后，我一定要继承和发扬爸爸妈妈艰苦朴素的精神，处处严格要求自己，当好革命的接班人！"

龚全珍还想再说几句，一眼瞧见甘祖昌从远处走过来了，便急忙朝小女儿使了个眼色，小女儿急忙收拾起扔在地上的那件花衣服，披在自己身上，张开双臂，在屋子里表演起来，且舞且唱："小燕子，穿花衣，年年春天来这里……"

10

相夫教子当“伙头”

天下无难事，只要肯登攀。日子长了，也就慢慢锻炼出来了。什么都不是天生的！

1975年3月6日。

龚全珍清早起床后，在自己的日记本里记下了这么一句话：“从今天起，我正式在家里搞家务事了。”

原来，甘祖昌随着年龄的增大，加上伤病经常复发，使得他的身体越来越弱了，身边必须有人关照。根据这种实际情况，龚全珍向组织上提出申请，要求提前退休照料丈夫。

组织上批复同意以后，龚全珍便从教育战线上退下来了。

说实话，如果不是丈夫身边需要人，龚全珍还真是不愿意退休，更何况还是提前。近30年的粉笔生涯，使得龚全珍与山区的教育事业结下了不解之缘。一旦离开，还真感到恋恋不舍。她舍不得自己生活过的学校，舍不得朝夕相处的师生。所以，当龚全珍离开学校以后，人们还在称呼她“龚校长”时，她便感到十分的亲切和兴奋。她是这样解释的：“不是因为带了‘长’，而是因为这个称呼和学校联系在一起。”

退休后的第五天，她在自己的日记里是这样记述的：

日子过得比上课还快。整天忙于搞三餐饭，有时还手忙脚乱。加上

龚全珍和家人合影。

来了几个客人，更是忙得我不可开交。“伙头”这个名称确实有道理。没有火，再多的技术也做不好饭菜。偏偏这个火就欺负我，已经三次让我出丑了。我一定要想办法掌握它，不能再让它气我了……

从当教师到做“伙头”，龚全珍在自己的人生道路上又出现了一个转折点，用她自己的话说，改行了。可让她感到气恼的是，这个“伙头”比教师难当多了。老话说：“清早开门七件事，柴米油盐酱醋茶。”要当好一个家还真是不容易。好在这个大家前几年随着人口的增加又重新分开了。尽管现在这个家只有8口人，可也算得个大家庭啊，每天的吃喝拉撒，这副重担全落在龚全珍的肩上。龚全珍才干了几天，便感到力不从心了，只好向甘祖昌求援：“老甘啊，这个‘伙头’看来比你在新疆军区当后勤部长还吃力！我要准备辞职了。”

“辞职？”甘祖昌的眉头拧成了一对大虾，“难道还要请保姆？”

龚全珍笑了：“我是说着玩，你就认了真。要是请保姆我提前退休干啥?”

甘祖昌这才放心了,鼓励道:“天下无难事,只要肯登攀。日子长了,也就慢慢锻炼出来了。什么都不是天生的!”

刚回家的这段日子,龚全珍的心一直安定不下来。身在厨房,心在课堂。睁眼闭眼,想着的都是学校、学生,甚至好几次把饭都烧焦了,把菜都炒糊了。

从此,龚全珍开始静下心来,仔细研究了煮饭炒菜的学问,一深入下去,还真发现了行行出状元的道理,烹饪技术也是门大学问哩!由于她的刻苦钻研,技术水平有了提高,煮的饭炒的菜也就慢慢适合了大家的口味。从家人们的眼光中,龚全珍开始意识到她这个“伙头”份量。

这天,正好午时,来了一胖一瘦两位报社记者,说是来采访甘祖昌的,专题是“如何限制资产阶级法权”和“反击右倾翻案风”。甘祖昌从报纸上早已嗅到近阶段的政治气候又不正常了,所以与龚全珍商量好了,自己每天吃过早饭后就上山搞劳动去了。如有记者来访,就让她挡驾,说自己出远门了,这些人惹不起,可躲得起。

果然,这两个记者还真来者不善,善者不来。进门后便嚷嚷着要见甘祖昌,让他就目前的“右倾翻案风”表个态。

龚全珍这时正在厨房里忙着煮饭炒菜,忙得满头大汗,装作什么也没看见似的,不去搭理他们。

两位记者在几间屋里打了一个圈,没发现半个人影,便又闯进厨房来了,瘦记者冲着正在切菜的龚全珍问道:“大嫂,你大概是甘祖昌家的保姆吧?”

龚全珍头也没抬地哼出一声:“什么保姆?是伙头!”

“伙头?”瘦个子眨巴眨巴眼睛,似乎没听懂。

龚全珍又感到好笑了,一字一顿地回答:“伙头就是煮饭炒菜的!”

两个记者终于明白了。胖记者有点生气了:“你这女同志说话也太土气了,就说煮饭炒菜的不就得了!”

龚全珍笑了:“我们乡里人不说土话,说啥话?”

胖记者给戗了一下,待要发作,瘦记者急忙朝他使了个眼色,压低嗓门道:“老兄,别发火,有新闻线索了!”

胖记者又是一愣:“什么新闻线索?”

瘦记者暗笑道:“我们新闻界不是一直在寻找资产阶级法权的素材么?这会线索不就送上门来了?”

胖记者茫然地望着瘦记者,似乎还没理解对方意思。

瘦记者只好摊开来说:“你还没明白过来?一个当了这么多年农民的将军,现在竟然也请了保姆,不,是伙头;不,还是说保姆好,这说明了什么问题?”

胖记者终于恍然大悟了:“对,这就是资产阶级法权!”

龚全珍在旁边将这两个记者的话语全装进了两只耳朵里,不禁觉得好笑。

瘦记者又假惺惺地凑了上来,装作挺关心的样子问道:“大嫂,你这伙头干了多长时间啦?”

“不久,就半年光景!”龚全珍故意多说了两个月。

“甘祖昌是单独吃小灶的吧?”胖记者也将脑袋凑过来。

“是啊!每餐一碗稀饭,一碟蔬菜!”龚全珍回答说。

瘦记者似乎失望了,又问:“他给你一个月多少工钱?”

“一分钱也没给!”

“好！继续说下去！”瘦记者急忙掏出笔记本，准备做记录。

“你让我继续说什么呢？”龚全珍笑了。

“就说，就说……”胖记者一时词不达意，“说”了大半天，还是没“说”出个子丑寅卯。

瘦记者只好又凑上前来帮腔：“就说……就说你在甘祖昌家里是如何受剥削的？”

龚全珍忍不住大笑起来：“瞧你们越说越离谱了，我们是一家人，同屋睡觉，同桌吃饭，谁剥削谁呢？”

“什么，你们是一家人？”瘦记者十分尴尬。

“看我像撒谎的人么？我们的孩子马上就要回家吃中饭了。”龚全珍认真道。

“那你究竟是他什么人？”瘦记者盘问。

“甘祖昌的妻子呀！”龚全珍嗓子提高了几分。

“叫什么名字？”胖记者还将信将疑。

“龚全珍！”龚全珍回答。

“你原来是干什么的？”

“教书的！”

“现在呢？”

“做伙头！”

“放着书不教，为什么要当伙头？”

“甘祖昌不也是放着将军不当当农民么？”

……

双方展开舌战，你来我往，记者毫无收获。

最后，两位记者没词了，只好尴尬地起身走了。

龚全珍将他俩送到门口，嘴里依然和气地招呼道：“都中午了，吃了饭再走吧！”

两位记者一声不吭，只管埋着头朝村外走去，一路上还听得他俩嘀咕着：“这个伙头还真不简单啊！”

傍晚，甘祖昌回家以后，听了龚全珍的这番叙述后，笑得合不拢口。

11

泪光中的慈母爱

什么事都得靠实践来检验，让事实来说话。今天，爸爸能给你们的答案只有一句话：你们的爸爸是农业社的爸爸，你们的妈妈是学生们的妈妈。

龚全珍和甘祖昌结婚后，生下了4个女儿。老大出生于1954年，那时朝鲜战争结束，志愿军归国，和平有了希望，便取名平荣；老二出生的1956年，正值国家对资本主义工商业和手工业社会主义改造完成，共产党施行仁政，故取名仁荣；老三于1958年人民公社成立之际呱呱坠地，所以取名公荣；老四1960年出生在吉安，即取吉荣。4个女儿的名字都有时代的特色，颇有纪念意义。

4个女儿出生后，基本上都是靠甘祖昌的大弟、大弟媳关照帮忙。原来龚全珍一直吃住在学校，只有周末回家一趟，第二天大清早又赶回学校，来去匆匆，极少顾家。而甘祖昌自己身体欠佳，加之为生产队的集体利益操劳，成天在外奔波，很难在家落脚。所以4个女儿得到母爱较少，多亏有了大弟媳妇。

就因为母女相聚的时间并不很多，故而女儿们对妈妈并不怎么亲近，甚至有点怕她，以致双方的距离越拉越远了。

一个夏天的晚上，4个女儿陪着父亲在屋前的晒场上纳凉。甘祖昌照例又要给女儿们讲井冈山斗争时期的故事，二女儿仁荣却抢过了话头，出人意外地提出了一个问题："爸爸，最近我听人家说，我们4个女儿都不是妈妈亲生的！"

甘祖昌闻言，不由身子一震："是谁这么胡说八道？"

女儿回答："还用说吗？从我们4姐妹一直是叔叔婶婶带大的，关照的，没有感受到多少母爱！"

"何以见得？"甘祖昌以慈祥的目光打量着膝下的4个女儿。

"妈妈和我们呆的时间太少，是不是不爱我们？"四女儿吉荣说。

"对。妈妈不顾家。一星期才回家一次，而且是星期六晚上回来，星期一大清早就回学校去了。学校离家才几里路，不算很远，犯得着这样匆匆忙忙吗？"大女儿平荣表示认同。

三女儿公荣接过大姐的话茬，也发表了自己的看法："我觉得这个妈妈平常也确实不太对劲，人家的妈妈对自己的女儿多关爱，而她对我们的学习生活也很少亲自过问，一个心眼扑在学校教育上，压根儿忘记了我们4个人！"

二女儿仁荣又动情地说起了一桩伤心的事情："爸爸，你还记得吗？去年，新疆军区的领导来家里看望你。那天中午，我和大妹妹刚好从田里打完农药回来，这两位领导看见我们姐妹俩一双赤脚，汗水淋淋的样子，无限感慨地叹了一口气：'甘部长，你们的子女都完全农村化了！'说完这话，眼圈都红了。而妈妈似乎却从来没有这样心痛过我们。"

甘祖昌听着女儿们的心里话，一直默不作声。只是握着那根旱烟管拼命地抽着烟，让女儿们把牢骚发完。

4个女儿还真牢骚满腹，一个接着一个抢着发言。

"爸爸，还有这么一件事让我一直难忘，甚至产生了一个疑团。今年春上,有两个记者前来采访你,顺便还从侧面和我们交谈了一阵子。末了又向我提出这么一个问题,为什么你妈妈的普通话说得这么好,而你们姐妹的普通话又说得不好呢？我们只好这样回答人家,我们姐妹从小在农村长大,和妈妈相处的时间非常少,所以普通话也没怎么学好。爸爸,你想想,如果真是自己的亲妈妈,怎么不会教女儿说普通话呢?”三女儿公荣又补充了一条意见。

二女儿仁荣幽幽地叹了口气:“是啊,外面的人都说妈妈在学校关爱学生像慈母一样,可为什么不能分一半给家里,给我们4个女儿呢?”

……

甘祖昌一边吧嗒吧嗒地吸着烟,一边静静地听着。等到4个女儿把意见全倒豆子一样倒完了,怨气全吐出来了,大家都心平气和了,他才不慌不忙地将旱烟管朝地上磕了磕,长叹一声,内疚地说出了一番语重心长的话语:“孩子们,你们刚才说的情况都是事实,连我都听说过。可我今天该怎么向你们解释呢？一下子说不清楚,说了你们也不会理解。古话说得好,路遥知马力,日久见人心。什么事都得靠实践来检验,让事实来说话。今天,爸爸能给你们的答案只有一句话:你们的爸爸是农业社的爸爸,你们的妈妈是学生们的妈妈。”

“你们的爸爸是农业社的爸爸,你们的妈妈是学生们的妈妈。”4个女儿嘴里嚼着这句含义极深的话语,一下子还没反应过来,4双亮晶晶的小眼睛齐刷刷地望着自己的爸爸,仿佛希望甘祖昌能把这句话再说得透彻一点。

然而,甘祖昌只是微微一笑,意味深长地启发道:“孩子们,如果你们还不明白这句话的含义是什么。那么只有在你们的成长过程中,慢慢去领会了。”

随着时光的流逝，一晃就是40多年过去了。

这年春节，一位60多岁的男人特意来给龚全珍拜年。

双方一见面，龚全珍似乎有点记不起这位陌生来客，只是笑容满面地给对方端茶递烟。

“龚校长，您恐怕不记得我了吧？我是您的学生朱颂岭，九都中学毕业的。”对方瞧出了龚全珍的困惑，急忙抢先自报家门。

“朱颂岭！啊，记起来了，记起来了！”龚全珍连连点头，喜上眉梢，“这么多年没见面，一下子还真认不出来了！”

“是啊，时间过得真快，记得当年骑竹马，今日又是白头翁。相形之下，龚老师比我这个学生年轻多了！”朱颂岭顿生无限感慨。

龚全珍关心地问道：“颂岭，这些年你一直在哪里打拼呢？”

朱颂岭回答道：“托龚老师的福，改革开放后，我一直在深圳那边谋发展。开办了一个公司，在那边安家落户了，儿女也都长大成人，各自成家立业了。日子过得还不错。因为穷忙，很少回老家，所以也无法和老师们联系。”

龚全珍高兴地连连点头：“好，好，好！看你们一个个都挺有出息的，我这个当老师的打心眼里感到高兴！”

朱颂岭感触颇深地叹出一声：“师生情谊最难忘。在外每当取得一点成就，我便想起了老师对我的教诲。”

龚全珍笑了：“个人的成长都是靠自己努力，老师只不过是个引路人。”

朱颂岭突然像记起了什么似的：“龚老师，话虽然这么说，但有些事情会教人一辈子难以忘怀。我至今还记得，50年前，我在九都中学念书时的那桩难忘的往事！”

龚全珍笑了:“什么难忘的往事,这么多年了还让你一直记在心上?”

朱颂岭话没出口,眼圈先红了,鼻子酸了,喉咙哽咽了:“龚老师,难道您真的忘记了么? 那一年我在课堂上突然昏迷过去了,是您把我送进了公社的卫生院。看完病以后,您一直在我的病床旁边,替我喂完药,又下到厨房熬粥,冷却以后端到床头,一口一口地喂我喝粥,十分细心周到。等您离开以后,同病房的人都问我,这是你的娘吗? 我含着满眶热泪连连点头,哽咽着什么话也说不出来……”

龚全珍见状,急忙摇头摆手:“这么多年的事了,陈芝麻烂谷子,还提它干啥!”

“不!”朱颂岭的情绪又激动起来了,“龚老师,这事也许您早已忘记了,可我朱颂岭这辈子却永远忘不掉。我经常将这桩难忘的往事讲给我的儿女听,让他们向您学习,做一个有益于人民的人。前年,我的小女儿大学毕业后也在一所学校里任教,我就不厌其烦地启发她,要她学习您龚老师的精神,当一名称职的人民教师!”

……

就在龚全珍和自己的这位学生在厅堂里回忆往事时,谁也没想到她的二女儿仁荣在隔壁的房间里听了十分感动,她立刻想起那个难忘的夏夜,4 姐妹向爸爸提出疑问时,爸爸留给她们那句发人深省的话:“爸爸是农业社的爸爸,妈妈是学生们的妈妈。”当时,她们还不理解这句话的含义,今天似乎隐隐约约找到了答案。

又过了一段日子,四姐妹刚好凑在一块聊天。甘公荣突然像发现什么新闻似的嚷嚷起来:“姐妹们,我今天有了重大发现!”

其他三姐妹便好奇地问道:“什么重大发现?”

公荣说:“这些日子,我陪妈妈经常上街,总会碰到不少人向她打招呼。有的称呼她龚老师、龚校长；也有称呼她龚奶奶的，还有称呼她龚妈妈的。我便问妈，这些都是你的什么人，为什么对你这么亲热？她笑着回答我，有熟人，也有陌生人，更多的是学生。你们说，妈妈的人缘是不是挺不错啊？”

“是啊！”公荣的话音刚落，仁荣便又抢过了话头，“你们可能没留神吧？我好几次看见一位小女孩见到我们的妈妈便赶紧跑过来，小鸟依人般紧紧偎在妈妈的身边，嘴里含了蜜似的直呼‘奶奶’。不少人还真以为她们是祖孙俩！”

“这个小女孩我认识，家里很贫穷，父母都是残疾人，小学还没念完便准备辍学，是妈妈发现这情况后，立即解囊相助，不但资助她继续上学，而且还为这个贫穷之家解决了不少困难。她爹娘说，这个龚奶奶待你比亲孙女还亲。这小女孩还真聪明，从此便将‘龚奶奶’的称呼改为‘奶奶’了！”

平荣听罢，不由感触颇深地叹了口气声：“人间自有真情在。看来妈妈真是一个受人尊敬的人。她有一颗善良、博爱的心。”

平荣的话似乎启发了一直默不作声的吉荣，她突然也开了口：“你们还记得40年前我们讨论过妈妈是不是亲妈这个问题吧？现在我总算明白过来了！”

四姐妹的心倏地变得沉甸甸的了，耳畔又一次响起爸爸那句发人深省的话语：“爸爸是农业社的爸爸，妈妈是学生们的妈妈。”人是需要理解的，四姐妹心情顿然间明朗起来了，妈妈在她们心中的形象也变得高大起来。

12

一条新裤报旧恩

龚全珍慷慨解囊，从来不指望受助人的报答，哪怕是一句感激的话语。而当自己得到了别人的帮助，哪怕是滴水之恩，她也会牢牢记着，常怀感恩之心。

龚全珍一生节俭，平日舍不得花钱。但她对别人却十分慷慨，多善举。据有关方面统计，仅这近10年来，她就帮助了30余户困难群众，资助了100名贫困学生，各项捐款累计达到了10万余元。

吃进的是草，挤出来的是奶；给予人甚多，要求人的甚少。这就是龚全珍助人为乐的精神写照。

龚全珍慷慨解囊，从来不指望受助人的报答，哪怕是一句感激的话语。而当自己得到了别人的帮助，哪怕是滴水之恩，她也会牢牢记着，常怀感恩之心。

这是一桩尘封了多年的往事。

龚全珍在九都中学任教的第二年，全国掀起了大炼钢铁的热潮，举国上下，全民参与。就连学校的教师、学生也不例外，纷纷投入，争做奉献。

这天，遵照坊楼公社的通知，九都中学全体师生放假上山采挖铁矿石。

这时，龚全珍刚好怀有身孕，快要临盆。校长望着她那大腹便便的样子，便关心地劝阻道："龚老师，看你这个样子上山很困难，就不必去了吧！"

龚全珍不以为然地摇着头："没关系，我会自己照顾好自己。"

校长依然忧心忡忡地说："瞧你这个样子，万一在山上出状况了，可就不好办哩！"

龚全珍还是毫不在乎："请校长放心，我自己会有感觉的。"

校长怎么也不忍心，几乎在央求她："请龚老师留在学校干一些其他事吧，学校也要有人值班嘛！"

"不行！"龚全珍很果决，并作解释道，"我是一个班的班主任，我要不在场，群龙无首，听谁的指挥？万一学生在山上出了什么事，怎么办？我宁愿自己担点风险，也要对学生负责！请校长理解我的心情。"

校长没办法了，只好眼睁睁看着龚全珍率领自己班上的学生扛着锄头上山去了。

还真有这么不凑巧！龚全珍将学生们刚带到山上，便感到腹部隐隐作痛。刚开始，她以为自己爬山时由于剧烈运动引发的阵痛，过一会儿就会好的。谁知，这阵痛不但没停止，反而加剧了。幸亏自己是个经产妇，很快意识到快要临盆了。在这关键的时刻，龚全珍临危不乱，不慌不忙地将班长叫过来，向他布置了任务，让他带队率领全班同学在山上继续采挖铁矿石。然后她又将一位年龄大点的女学生叫过来，向她说明了情况，请她搀扶自己下山。

女学生明白事关重大，不敢怠慢。当即便搀起龚全珍一步一步朝山下挪去。谁知走出不远后，阵痛加剧了。龚全珍为了不吓着这女学生，竭力咬紧牙关，不让自己喊出声来。

然而,当这位女学生一眼瞧见龚全珍额头上沁出的豆粒大的汗珠,和她那全身颤抖的样子,便意识到产妇快要生了。于是,自己也急出了一身大汗,不住地安慰龚全珍:“龚老师,请你坚持住,马上就下山了!”

谁知,龚全珍已经痛得浑身无力了,步履维艰,身子摇摇欲坠,简直寸步难行了。

幸亏这女学生个子较大,又有一身力气,发现情况不妙,便立即蹲在地上,将龚全珍背在自己的背上,然后一步一步地朝山下走去。

好不容易下了山,老远看见的田垄里有老表在干活,这位女学生便尖起嗓门大声呼叫起来:“救人啊,快来救人啊!”

闻声赶来的老表一瞧是位女老师快要临盆了,于是便急忙找来一张竹躺椅,将龚全珍迅速送到了当时的公社卫生院。龚全珍终于分娩了,母女平安。

这桩事深深地感动了龚全珍,也记住了这位女学生叫陈金兰。从此,她的形象也时刻浮现在龚全珍的脑海里,她决心要报答这片深情。一定要找到个合适的机会,选择一份合适的礼物去表达自己的谢意。谁知岁月匆匆,这位叫陈金兰的女学生很快也就毕业了,从此再也没见上一面,龚全珍这桩心愿也就一直未了。

一晃又是好几年过去了,这位当年的陈金兰已经长大成人,出落成大姑娘了,并且准备结婚成家了。就在她出嫁的前一天,陈金兰正在自己的房间里整理行装时,她娘兴冲冲地跑进门来告诉她:“孩子,有客人来找你了!”

陈金兰不由一愣:“哪里来的客人?”

“龚老师,就是原来在九都中学教过你的那位女老师!”金兰娘喜盈盈地说。

“真的啊?!”陈金兰喜不自禁,急忙飞奔出去。

“金兰同学!”坐在堂屋里的龚全珍一瞧见当年的学生出现了,高兴地急忙从椅子上站起来,抢先打着招呼。

“龚老师!”陈金兰几乎是扑上前去,小鸟依人般地倒在龚全珍的怀里问道,“我的好老师,您怎么来了?”

龚全珍故意嗔怪道:“还说呢,大喜事不请老师呀?听说明天就是你的大喜日子,老师无论如何也得来向你讨杯喜酒喝吧!”

陈金兰脸红了:“都怪我,龚老师,您是怎么知道的?”

龚全珍便叹了口气:“金兰,实话对你说,这些年我实在太忙了,忙了学校忙家里,忙了白天忙晚上,简直脚不沾地。可不管怎么忙,我还是一直没忘记你这个好学生,只是一直抽不出身子来看看你。不过,平常在学校里,我总会找你们村里学生问你的情况,这次碰到你的喜事也是他们告诉我的。所以,老师就不请自来了……”

龚全珍这么一解释,陈金兰母女俩更加感动万分。陈金兰哽咽着说:“谢谢龚老师的关心!甘部长的身体还好吧!”

“还可以,天天搞劳动去了,说是劳动锻炼身体。”龚全珍一边回应着,一边从布袋里掏出一条崭新的蓝咔叽布女裤递到陈金兰手上,继续说,“金兰,你要出嫁了,老师没什么好礼物送给你,就请你收下这条裤子作个纪念吧!”

陈金兰急忙说:“龚老师,学生没什么东西送给你,反而麻烦你了;不行,这裤子还是带回去您自己穿吧,老师的情意金兰心领了!”

龚全珍生气了:“金兰,你是不是嫌这礼物太轻了!”

金兰娘忙解释说:“龚老师,你别误会。自古道,千里送鹅毛,礼轻情义重。我家金兰的意思是,做学生的没报答老师的恩情,反倒收了老师的礼物,心中有愧呢!”

龚全珍若有所思地点点头:“是啊,大恩不言谢。你家金兰对我也有恩,我可时刻没忘哩!”

金兰娘疑惑了:“龚老师,这话从何说起?”

龚全珍说:“10 年前,我带着金兰他们在山上挖铁矿,突然快要临盆了,是金兰背着我下山,在医院里生产的。”

陈金兰急忙接上话茬:“龚老师,那些陈芝麻烂谷子的往事,我早已忘得九霄云外了,您怎么还在念叨着?”

龚全珍摇着头:“金兰,你忘记了,可老师没有忘记啊! 古话说,滴水之恩,当涌泉相报。老师没有‘涌泉相报’的能力,只能这样表示意思了,请你谅解。”

陈金兰见状,只得小心翼翼地接过了这条裤子:“龚老师,如此说来,恭敬不如从命,学生只是觉得心中有愧。”

龚全珍这才高兴地笑了:“金兰,恐怕你还不晓得,这条裤子的布料还是我家老甘上个月在北京开全国人大会时买回来的,刚好做成两条裤子,我自己留下了一条,这一条就送给你作个纪念。”

龚全珍这么一说,陈金兰的眼圈又红了:“龚老师,您真好,谢谢您!”

龚全珍深情地抚着陈金兰的肩头细声道:“金兰,你还真是个好女孩。祝你幸福,家庭美满!”

这话音刚落,便听得院子里一阵鸡叫声。龚全珍探出身子一瞧,只见金兰娘右手捏着把菜刀,左手提着一只母鸡,正朝厨房里走去。龚全珍便急忙起身打着招呼:“大嫂,我告辞了!”

金兰娘急忙奔出来,双手拖住龚全珍:“不行,今天一定得吃了午饭走,龚老师,您可是我家的稀客啊!”

龚全珍道:“大嫂,上午学校还排了我一节课,可不能耽误啊!以后我还会再来的!”

陈金兰握住龚全珍的双手不放,眼泪汪汪地恳求她吃了中饭再走,可怎么也拗不过老师。

母女俩一见龚全珍非走不可的样子,实在无奈,只得依依难舍地将她送出了村口。龚全珍走出好远了,扭头一望,只见村口的这两个人影还在泪眼相送,不由心头一热……

13
包容大度姐妹亲

我们会永远记住祖昌的,他虽然离开我们了,但他的精神还在。我们要替他争气,将这精神传承下去!

龚全珍小时候,两个哥哥曾经带她去过一些寺庙里游玩。她发现在众多的佛像中,她最喜欢一尊笑佛。

这笑佛端坐台上,方面大耳,慈眉善目,腆着大肚,笑容可掬,憨厚大方,给朝拜者一种和蔼可亲的感觉。

妹妹便指着这尊佛像问哥哥:“大哥,这个菩萨叫什么名字?”

大哥回答道:“叫弥勒佛,俗称笑和尚。”

妹妹又打破砂锅纹(问)到底:“他为什么笑得这样开心?他的肚子为什么这么大呢?”

大哥指着弥勒佛左右的一副楹联解释道:“你瞧,这副对联不是回答了你的提问么?”说罢,便摇头晃脑地吟哦出声:“大肚能容容天下难容之事,开口便笑笑世间可笑之人。”

妹妹听得来了兴致,缠住哥哥问个不休:“哥,什么叫‘天下难容之事’?什么叫‘世间可笑之人’?”

“……”哥哥一下子给问住了,好半天才挤出一声,“等你长大以后,有了知识,就能解答这个问题。”

妹妹似乎有所悟了，频频点着头赞道："这和尚挺和气，挺善良，挺大度，喜欢他的人一定很多！"

打那起，弥勒佛的形象就在龚全珍幼小的心灵深处留下了一个深刻的印象，也为她日后形成广结善缘，广行善事，海纳百川，虚怀若谷的人生观产生了一定的影响。

"妈妈的胸怀像蓝天那样宽广，像大海那样深沉。"说起龚全珍的豁达大度，她的几个女儿都会情不自禁地发出一连串的赞叹。

"文化大革命"结束以后，一个春光明媚的早晨，有人推开了龚全珍的家门，进来了一位中年教师。他曾经是龚全珍在小学执教时的同事。此刻见到了龚全珍却显得局促不安，满脸羞愧之色，嘴唇抖动了许久，才结结巴巴吐出一声："龚校长，……"便低下头，喉头像给什么卡住了，什么话也说不出来……

龚全珍见状，急忙走上前去，热情地握住对方的双方招呼道："王老师，欢迎光临，请坐。"

王老师似乎承受不了这番热情的礼节，竟然哽咽起来："龚校长，我对不住您！今天我是特意登门赔礼道歉的，请您原谅我过去的无知和过失！"

龚全珍和颜悦色地安慰对方："过去了的事情就让它过去吧！何况，在当时的情况下你们也是受蒙蔽犯下的错误，所以你们也是受害者。现在正本清源了，我们要团结起来朝前看，再也不能自己折腾自己了！让我们共同结束过去，开辟未来！"

……

这究竟是怎么一回事？这位王老师究竟与龚全珍有过什么恩怨？这事还得追溯到"文革"期间——

那年,龚全珍正在小学当校长,这位王老师刚参加工作。龚全珍对这位年轻人十分关照,不仅帮他转了正,还给他介绍了对象,张罗了婚事。应当说有恩于王老师。可是,有一次由于工作上的问题,龚全珍批评了他,他便怀恨在心。后来,王老师当上了造反派的头头,搜走了龚全珍的日记本,企图寻找反党反社会主义的"罪证";后来,他又大打出手,亲自给龚全珍挂牌子,跪砖头,进行恶狠狠地批斗。当时,龚全珍有两个女儿正在该校读书,目睹此情此景,对这个人恨得咬牙切齿。然而母亲却宽容大度,相逢一笑泯恩仇。

事后,龚全珍说:"一个人犯错误是难免的,关键是要能及时认识错误,改正错误。能够这样做了,仍然还是我们的好同志,就应当原谅人家,接纳人家,决不能一棍子打死!"

龚全珍的这种光明磊落、宽容大度的精神深深地感染了许多人。以后,凡是有为一些鸡毛蒜皮争吵不休的人和事发生时,总有旁观者上前相劝一句话:"你们还是学学人家龚全珍吧!一个妇道人家都能这么包容,这么大度,比比你们这些男子汉、大丈夫,不觉得自惭形秽吗?"

龚全珍的包容和大度,同样体现在她处理自己家庭中一些事务中,特别是在对待甘祖昌的前妻的问题上,更是显得豁达大度,令人钦敬。

1986年3月28日,甘祖昌因病医治无效,在莲花县人民医院逝世了,龚全珍陷入了无限悲痛之中……

在向甘祖昌同志的遗体告别时,龚全珍忍着悲痛做出了一个谁也没想到的决定。她吩咐甘祖昌前妻的儿子:"寿郎,去把你的亲娘接过来,让她也与你爹见上最后一面!"

此语一出,立即惊呆了在场的家人。众人面面相觑,不知所措。因为寿郎的娘早就下了堂*，按照祖宗传下来的老规矩，这样的女人永远不能再回男家了。龚全珍这个决定分明是有悖祖训。众人心里这么想，可谁也不敢出头公开抵制。只好将目光齐刷刷地投向甘祖昌的两个弟弟，也许他们的表态能产生效果。

果然，有本家人挺身而出："嫂子，刘毛仔**已经与祖昌早没夫妻名分了，让她来与大哥的遗体告别，恐怕不合适吧！"

"有什么不合适？"龚全珍从椅子上站起来，驳斥道，"刘毛仔虽然早已与甘祖昌没有夫妻名分了，可她过去毕竟与祖昌有过夫妻关系，而且生下了寿郎，这是有目共睹的事实。更何况她当时的离婚也是被逼迫的。祖昌参加红军以后，人家孤儿寡母不仅生活没有着落，而且还经常受到反动派的迫害，吃尽了苦头。祖昌生前经常向我谈过这些往事。人心都是肉长的，难道连这点同情心都没有吗？现在祖昌走了，让他前妻见上一面，于情于理都说得过去。我想祖昌九泉之下也会同意的！"

龚全珍这番通情达理的话语，令人感动万分。那些持反对意见的人无不感到汗颜。

寿郎似乎还是有点思想顾虑，惊疑着没有动身，支支吾吾地提醒道："妈妈，您是怕别人不知道爹还有个前妻吧？这样做我怕会贬低您自己！"

"胡说！"龚全珍生气了，"我不在乎这些，这是历史、战争造成的。我不怕，你们还怕什么？"

寿郎望着她，感动地喊了声："妈……"

龚全珍生气了："你还在磨磨蹭蹭干什么，赶快去把你亲娘接过来，

---

* 下了堂：改嫁的意思。
** 刘毛仔：甘祖昌前妻的名字。

有什么问题我担着!”

在场的人无不为龚全珍的这种大度而动容,就连治丧委员会的同志都称赞:“不是知识分子的胸怀,做不到这一点。”

一个多小时以后,寿郎搀着自己的亲娘出现在甘祖昌的遗体面前,她娘上前“扑通”一声跪下之后,便伤心地号啕大哭起来。

这时围观的人越来越多了,许多人不认识甘祖昌前妻,纷纷挤上前来都想看上一眼。

有人便提醒龚全珍,还是让寿郎赶快将她亲娘搀走吧,省得让人看热闹!

龚全珍又生气了:“这是什么话?自古道,生离死别,是人生最大的痛苦。我既然将人家请过来了,就得尊重人家,而不是让人家在死者面前装个样子,做个摆设。让人家有泪尽情流,将心中的哀伤发泄一番!有人要瞧热闹让他瞧吧,人间自有真情在,恐怕他瞧着也会感动的!”

这时,又有人前来告诉龚全珍,寿郎娘由于悲伤过度,有点虚脱了。

龚全珍大吃一惊,急忙吩咐人去请医生,自己脚步踉跄地上前去,一把抱住寿郎的娘连声呼唤:“大姐!大姐!大姐……”

寿郎娘终于缓过来了,一瞧抱住自己的竟是龚全珍,更加泪如泉涌,泣不成声。

龚全珍泪眼婆娑地安慰对方道:“大姐,人死不能复生,你不要太伤心。祖昌虽然走了,但我们还要好好活下去。以后你若碰上了什么困难,只要告诉我一声,我一定会尽力帮忙的!”

寿郎的亲娘被龚全珍这番情真意切的滚烫话语感动得老泪纵横,嘶哑地哭叫着回答:“好妹妹,你待我的义重如山。老姐姐今生今世难以报答,来世变牛变马也要报答你啊!”

龚全珍连连摇头:“老姐姐言重了!我们应当永远是患难与共的好姐妹,不存在什么恩恩怨怨!”

寿郎的亲娘感动得连声呼喊:“祖昌,你要九泉之下有灵,保佑我这位贤妹妹长福长寿,平安一生!”

这时医生赶过来,龚全珍便搀起寿郎娘说:“大姐,你就节哀吧!我们会永远记住祖昌的,他虽然离开我们了,但他的精神还在。我们要替他争气,将这精神传承下去!”

……

此情此景,深深感染了在场的人们。

14

春风化雨家庭会

雨露滋润花儿红，育人需要好传统。

3 月 28 日，是甘祖昌逝世的纪念日。

每逢这天到来，龚全珍总要召开一次家庭会，总结一下家庭成员一年来的成就，表扬先进，鼓励斗志，这成了一个惯例。

1990 年的这个纪念日，是甘祖昌离开亲人的第 4 个忌日，龚全珍提前一天就在自己的日记中记下了自己准备在这个家庭会上要讲的内容。

开宗明义，首先要讲的当然是“甘祖昌精神”。龚全珍已把它当成了家庭会议一个不变的主题，她暗暗下定决心，只要自己的头脑清晰，嘴巴能讲，就要给家人一代一代地讲下去。

什么是甘祖昌精神？龚全珍根据自己与丈夫这辈子的共同生活经历和自己的体会，形象地概括为 16 个字：“老老实实，勤勤恳恳，心系群众，艰苦奋斗。”她认为，丈夫甘祖昌的一生都是遵循这 16 个字。这 16 个字就是精神财富，就是传给后代的无价宝。不仅自己要传承下去，孩子们也要继承和发扬这种精神。

丈夫离开自己已经 4 年了，回忆这 4 年来的家庭变化，龚全珍比较满意。她觉得孩子们不仅长大了，懂事了，而且都有了进步。她把这些成绩都详细记录下来了，准备在这次家庭会上详细总结一下。

其实，这个家庭会议并不是所有的成员都能参加，因为经常与她在一起生活的只有三女儿甘公荣、女婿金林一家，四女儿甘吉荣、女婿杨国华一家，等等，其余成员都已各自成家，平日很难聚在一块。所以，选择丈夫的忌日开这个家庭会议，不仅仅是对将军的纪念具有实实在在的内涵，而且往往是孩子们到得最全的时候，即使有孩子确实因为工作或其他急事来不了，也可以通过其他孩子了解纪念会的内容。

说到总结，当然还得先从三女儿甘公荣谈起，因为这些年来她的进步实在不小。她虽然是莲花县工商银行的一名普通职工，但在这平凡的工作岗位上却做出了不平凡的事迹。她老老实实做人，有口皆碑；勤勤恳恳做事，有目共睹。她收储、揽储成绩斐然，不仅受到单位领导肯定，而且事迹还上了省报。《江西日报》在头版头条发了一篇有关她的模范事迹的长篇通讯报道《将门虎女》。她的事迹在读者中间产生了强烈反响，不少读者纷纷来信，表达要向将军后代学习的决心。甘公荣也因此获得了江西省“三八红旗手”的殊荣。这让龚全珍感到十分欣慰。

孩子的点点滴滴进步，龚全珍都看在眼里，甜在心头。想当年女儿还在念小学时，就因为扔掉了一双破鞋，被她的父亲狠狠地批评了一番，而且还让她捡回来，当着女儿的面一针一线地缝好这双破鞋，然后语重心长地说：“孩子，你扔掉的不是一双破鞋，而是我们艰苦奋斗的优良传统啊！”

这件事，看似小，对甘公荣的人生观和价值观的形成却是极具影响力的。父亲的这句话，甘公荣时刻铭记在心，一直没有忘，也不敢忘，印象太深刻了。她将爸爸当作一面镜子，无时无刻不在对照自己，检查自己，鞭策自己。特别是参加工作以后，在平凡的岗位上她更加严格要求自己，一步一个脚印，脚踏实地地为人民服务。孩子争气，是长辈最大的安慰。龚全珍要把甘公荣当作家庭中的一面旗帜，发动全体家庭成员要向她学习。

女婿金林这些年思想进步也很大。他虽然一直是个普普通通的电影放映员,但他始终能坚持自己的岗位,兢兢业业,任劳任怨地工作,做一个永不生锈的螺丝钉。尤其是近些年还要经常上山下乡放电影,没日没夜地奔波着,但他从不叫苦,从不抱怨,为老百姓送去精神食粮。尤为难能可贵的是,下班回家后,他还能不顾一天的工作劳累,帮着干家务。他们夫妻恩爱,尊老爱幼,一家其乐融融。可以说,这个家庭如此和谐,是因为每个人都知道自己的责任,都知道自己的使命。

龚全珍点评梅花一样,一个一个地梳理自己孩子的进步和不足,既有对进步的喜悦,也有对不足的期待。这使龚全珍感觉到明天的家庭会议既能够鼓舞士气,又能够心中有数、有话可说。

想着想着,不觉又是大半夜过去了,龚全珍朦朦胧胧地睡着了……

早晨起床后,龚全珍发现窗台上的那盆月月红花开得尤为红艳,花瓣上还淌着几颗晶莹的露珠。她不由心内一动,凝神片刻,心中充满诗意,嘴里轻轻念叨着:"雨露滋润花儿红,育人需要好传统"。

吟罢龚全珍便朝房外吩咐起来:"公荣,通知家里人,今天是你爸的忌日,按照惯例,我们开一个家庭会!"

房外传来了女儿响亮的回声:"一定照办!"

15

南陂小学留温馨

送人玫瑰手留余香，南陂小学至今还留有您的温馨啊！

有位革命前辈说得好：如烟往事俱忘却，心底无私天地宽。让我们一起朝前看吧，争取像这夕阳一样，将自己最后的余热奉献给人间！

初冬的一个黄昏。太阳正在慢慢地西沉，把最后的一线光和热投射给了人间，寒冷的天气有了一丝暖意。

在县城的莲花广场上，有不少晒太阳的大人小孩，正在惬意地享受着日落前的最后一抹温暖。夕阳晚照中，有位年逾古稀的退休男教师正面对西天那轮徐徐下沉的落日，发出无限感慨：“夕阳无限好，只是近黄昏。”老教师的吟哦之声刚落，身后也传来了一个老太太的附和声：“但得夕阳无限好，何须依惘近黄昏。

老教师于是转身一瞧，只见一位比自己年龄稍大点的老太太正笑微微地望着自己。老教师用手指抚了抚自己的眼镜，仔细打量片刻后，终于兴奋地惊呼起来：“龚校长！”

这位老太太正是龚全珍。她似乎还没认出对方，正沉吟间，老教师一把抓住她的双手抖了抖，大声喊道：“我是刘水林啊，还记得我么？”

“刘水林？”这三个字眼龚全珍脑海中一闪过，她随着兴奋起来，“记起来了，我们在上世纪六十年代一起共过事，教过书哩！”

“龚校长记性还真好！我今年 75 岁了，人一老什么都废了，脑子也不管用了。”刘水林不禁发出无限感叹。

“呦，我至少比你要大 10 岁哩！水林，在我面前你可不能称老啊！”龚全珍打趣道。

“岂敢！岂敢！”刘水林急忙解释道，“我只不过是感叹人生易老，岁月无情啊！转眼之间，我们就像这轮落日一样，很快就要乘鹤西归啰！”

龚全珍呵呵笑了：“不错，新陈代谢，生老病死是永恒的自然规律，但当我们进入垂暮之年后，大可不必悲观失望。应当像这美丽的夕阳那样，发挥我们最后的余热。我们应当为自己喝彩。”

龚全珍这种乐观、自信的精神深深感染了刘水林，使他大受鼓舞，并

龚全珍与南陂小学第 16 届全体毕业生在一起。

表示出由衷的钦佩:"龚校长,您还是当年那种豁达精神,永远是我们学习的榜样!"

这时,从旁边走过两位戴着红领巾的小男孩,恭恭敬敬地举手朝龚全珍行了个队礼:"龚奶奶好!"

龚全珍笑着直点头:"小朋友好!"

刘水林随便问了声"他们都认识您?"

龚全珍微笑:"还真不认识。"

刘水林猛然省悟:"一定是听过您的课的学生。"

龚全珍又笑了:"可能吧。"

刘水林突然又像记起了什么:"龚校长,您真是个好人,不知您是否还记得,您在我困难的时候还帮过我很多呢?"

龚全珍摇头:"都猴年马月的事了,别记烂了肚子。"

"岂敢忘!"刘水林激动起来,沉浸在往事中,"记得那年我从师范学校毕业出来分配工作到南陂小学时,工资低,家里负担重,经济十分困难,就连买牙膏、牙刷的钱都节省给了家里。因为年轻时饭量大,而定量少,我经常挨饿。就在困难之际,您及时向我伸出了援助的双手,不仅给我钱,还给了粮票、饼干票。这简直是雪中送炭啊!"

龚全珍依然摆头摆手:"不值一提,不值一提!"

"不!"刘水林话锋一转,"龚校长,那年加工资的事您大概还记得吧?"

四十多年前,学校每次调工资,龚全珍总是首先声明:"我可以不参加调资。"

有人便笑她:"你是怕钱烫手,还是嫌家里钱太多了?"

龚全珍说:"我不是怕钱烫手,也不是嫌家里钱多了,只是比比别人,我就有点不好意思了。因为我的月工资已经达到80元了,县长的工资都不一定有我多。我不能再朝上涨了!”于是,她便主动地放弃了自己调工资的机会。

这一年,又轮到调工资了。由于龚全珍在前几次调资时都是发扬风格将自己的名额让给了别人,所以这次全校老师都暗暗商议好,今年的调资名额非给龚全珍不可,谁也不能去“侵占”。

果然,在调工资时,龚全珍又首先提出自己退出,要将名额让给别人,而且这次还特别点名要让给刘水林。这一提议没有得到大家的认可。会场上静悄悄的,谁也不愿意发言表态,气氛显得十分尴尬。

龚全珍笑了笑,只好做了解释:“我为什么这次要把调资的名额让给了刘水林老师呢?理由如下:一是刘老师参加工作的时间比我短,历次调资排不上号,所以这次应照顾他插个队。二是刘老师家在农村,上有老,下有小,家庭生活非常困难。我们应该发扬风格帮他一把。三是刘老师平日工作积极,教学认真,为了激励他日后更好地工作,所以我有了这个提议。”

龚全珍做了这番解释以后,还是没有老师表态。龚全珍只好点名让副校长发言。

副校长的表态是,同意龚校长对刘水林老师的评价,但通过调资来表彰他似乎不太合适。当然更重要的龚全珍作为一校之长,做了大量工作,牺牲了个人许多利益,这次决不能再吃亏了。即使自己心甘情愿,大家也感到于心不安。

副校长发完言后,其他老师便纷纷各自表态了,内容基本上与副校长的发言大同小异,坚决不同意龚校长让出名额。

最后,连刘水林也表态了。他含着激动的泪花说,龚校长的深情厚谊我心领了，但我决不能接受这个调资名额，即使家里最穷，也不能干让人背后戳脊背的事情。

龚全珍一瞧这事给搞砸了，自己一片好心得不到大伙的支持，心中便感到火烧火燎的。她思忖片刻，只好宣布将调资的事情搁一搁，然后转移到其他工作的话题上。

然而，让刘水林压根没想到，这次会议以后，龚全珍为了他调资的问题，一直在不显山不露水地做其他老师的思想工作。她首先与副校长做了深层次的沟通，双方统一了意见。然后两人便分别找全校的老师谈心，动之以情，晓之以理，终于精诚所至，金石为开。最后只剩下刘水林一个人了，龚全珍这才向他交了底："刘老师，有关你的调资问题，我们全校老师都统一了思想，同意你调资，请你不要推辞了。"

刘水林不敢相信自己的耳朵："全校老师统一意见？不可能吧？我不能要这个名额，龚校长您的情谊我这辈子永远忘不了！"

出乎刘水林的意料之外，在下一次的调资会上，当他看到全校老师同意他调资举起的一双双手时，他感动得热泪夺眶而出……

往事历历在目，就像发生在昨天。刘水林激动地对龚全珍说："龚校长，我是一介书生，无法报答您，但您的这份情谊我永远记在心中。每当回到南陂小学，或者遇到当年的老同事，我们都会不由地提起您。大家都说，送人玫瑰手留余香，南陂小学至今还留有您的温馨啊！"

龚全珍连连摇头："刘老师，言重了。有位革命前辈说得好：如烟往事俱忘却，心底无私天地宽。让我们一起朝前看吧，争取像这夕阳一样，将自己最后的余热奉献给人间！"

16

善学习的“电视迷”

“活到老,学到老”,这是龚全珍的座右铭。她不仅向发生在身边的好人好事学习,也向电视剧中的模范人物、先进事迹学习,不断从他们的身上汲取前进的动力。

2005年10月17日,深夜。

整个莲花县城好像沉浸在静悄悄的睡梦中,而有一户人家的小客厅虽然灯是关着的,但电视机还在开着,有一个老人独自坐在电视机对面的沙发上,正在聚精会神、津津有味地紧盯荧屏看神舟六号成功返回的重播新闻呢,她就是龚全珍。看着看着,她惊喜、兴奋、激动起来了,按捺不住冲动的心情,忘情地呼喊起来:“神六万岁! 祖国万岁!”

原来龚全珍今天因为我国发射的“神六”载人飞船平安返回大地的新闻而兴奋得无法入眠,这新闻太振奋人心了,所以她想多看一些相关报道,在百看不厌的滚动播出的新闻画面映入眼帘的时候,她感到了一阵阵的欣喜,一阵阵的扬眉吐气。就像几天前,在电视中看到了神舟六号宇宙飞船上天那样,她高兴得夜不能寐,恨不得能够抱着电视机,关注神六的一举一动。

“妈,您真是个电视迷,都快12点了,不睡觉啦?”女儿公荣因妈妈年岁大,委婉地说道。

老人家一看时间,赶紧答道:“睡觉,我这就睡觉去,我这就睡觉去。”

随即龚全珍关了电视机,进了卧室,但她久久难以平静,不想上床。她久久伫立在窗口前,窗外的天空群星璀璨,大地万籁俱寂。

不知过了多久,朦胧中龚全珍恍惚看见不远处一个肩扛锄头,神采奕奕,面带笑容的熟悉身影。

她情不自禁地惊呼:“祖昌,是你吗?”

定睛一看,什么也没有,只有微风吹动窗前树梢发出的沙沙声。

龚全珍有点失望,她自言自语道:“唉,要是你还活着能够看到祖国如此繁荣昌盛、国力强大,该多好啊! 我们的神六不仅上天了,而且还平安返回了! 全国上下都在欢庆,全球华人都在欢呼,全世界爱好和平的人都在关注。我国的国力今非昔比了,我国科技水平也不可同日而语了。活在这样的盛世中国,我们真幸福!”

龚全珍一边自言自语地念着,一边开始拉开抽屉,拿出本子,坐到桌旁,扭亮台灯,翻到10月12日记下的那篇日记,再次重温当时的心情:

神舟六号宇宙飞船飞上了天,两位宇航员神情宁静。这是中华民族的光荣,它实现了我们与时俱进的梦想。中国成为了继美苏之后第三个征服宇宙的强国……

龚全珍读着这段文字,心潮又起,汹涌澎湃,于是戴上老花眼镜,拿起笔,在灯下伏案疾书……

龚全珍今年91岁,虽然身体健康,精神矍铄,但毕竟是高龄老人,行动大不如前。所以,看书、看报、看电视是龚老了解社会的基本途径,占据她晚年生活的很大一部分时间。尤其是电视,每晚必看的节目是新闻联播和焦点访谈,有时间早间新闻和午间新闻也不放过。用她自己的话说，"宁可三餐不吃饭，不可一日无电视"。看电视不仅能了解国际动态、国家大事、社会发展、国计民生，还可以陶冶心情、丰富知识、开阔眼界，更重要的是，能紧跟时代步伐，与时俱进，永不落后。当然，她不仅看新闻，也看电视剧，好的电视剧不仅可以愉悦心情，也可以了解人生百态、世风民情和民族精神。

看了电视剧《神舟》后，她满怀激情地写道：

《神舟》使我知道，为我们航天事业而献身的科学家那种忘我拼搏的精神是多么可贵。没有这一批忠心耿耿为祖国的人，我们的科技事业不可能发展得如此迅速。牺牲自我是上世纪50年代多数知识分子的共性。我应该以他们的光辉形象不断鼓励鞭策自己，在有生之年要多做好事，活得踏实些。

活到老，学到老。这是龚全珍的座右铭。她不仅向发生在身边的好人好事学习，也向电视剧中的模范人物、先进事迹学习，不断从他们的身上汲取前进的动力。电视剧中的一些古代人物的高尚情操和可贵品质，也是她古为今用、潜移默化的精神食粮。

多年前，电视剧《张仲景》中苍生大医张仲景的形象，就在龚全珍心中留下了不可磨灭的印象。她在中央台播映期间看了一次，觉得还是不过瘾，听说另一家电视台也在播映，便又守着电视机从头到尾重看了一遍，激动了好几天，情不自禁地写下了一篇感人至深的心得体会——

我虽已年逾花甲，当以前辈为榜样，奋发图强，边学边写，尽力做点对集体有益的事，不虚度光阴，不白白活几十年。

通过学习，包括通过收看电视，汲取中国传统文化和当代中国精神的丰富养料，借以充实自己，淬炼自己，是龚全珍本人的一个良好习惯。

《烽火千里行》是龚全珍最爱看的一部电视剧。该剧写的是周恩来同志在抗日战争期间向到浙江前线去探亲访友，结交国民党队伍中的左派人物，扩大抗日统一战线的故事。龚全珍在这部电视剧的观后感中写道：

周总理关心群众，尊敬长辈，使国民党友好人士深受感动。他是共产党的楷模，应当认真向他学习，联系群众，虚心向群众学习，对坏人坏事应当敢于揭发斗争。

联系到现实生活中存在的一些问题，龚全珍又不无痛心地鞭挞道：

部分同志的作风不好，影响了共产党在群众中的光辉形象。共产党应当言行一致，为党的事业增光、出力！

龚全珍总是用积极的人生态度，用老一辈无产阶级的世界观和价值观，来衡量和审视电视剧或电视节目中传递的信息，所以她的世界总是充满正义和正能量。她每看完一部很有教育意义的电视剧，或每逢在电视中看到那些激动人心的新闻节目，她都要翻开自己的日记本，写下自己的观后感，记下自己的真情实感，表明自己的心迹，从中汲取前进的动力。

龚全珍对电视的痴迷，到了废寝忘食的程度。她曾经在自己的日记中写道：

昨夜看《几度夕阳红》最后 3 集，又到 11 点，真该死，竟如此不能控制自己！

不过，时间可以控制，但激情确实难以控制，尤其是潜移默化的力量，也是谁也控制不了的。

17

南门大洲有故事

活着就要为国家做事情，做不了大事就做小事，干不了复杂重要的工作就做简单的工作，绝不能不劳而获。

在这块烈士鲜血染红的土地上，我所做的一切太微不足道了，有愧于英烈们的期望啊！我必须继续努力！

1992年的春天似乎来得特别早。一个春光明媚，阳光和煦的日子里，龚全珍笑容满面地来到了坐落在县城南门的幸福院。

龚全珍此番来到幸福院，用她的玩笑话来说，是准备长驻“沙家浜”的。

龚全珍为什么突然之间想起来幸福院安度晚年呢？要回答这个问题，还真颇费口舌了。

早在1989年的12月间，龚全珍就萌发了这个念头。因为甘祖昌逝世后，她就萌生了撰写《甘祖昌传》的念头，她想通过文字的形式再现甘祖昌光辉的一生，让甘祖昌精神世世代代传承下去。经过大量的资料整理后，她想找个安静的地方写作，家里太吵，静不下心来。有一次，来到幸福院参观后，她顿时觉得这里是自己理想的好去处。

这所幸福院就建在南门口，房子格局有点像北方的四合院。后院与莲花县革命烈士纪念堂毗邻。院内柏木森森，翠竹修长，环境优美，鸟语

龚全珍向少先队员们讲革命故事。

花香，空气新鲜，冬暖夏凉。院内设有食堂，附近又有医院、菜园，生活极为方便，平日里散散步，读读书，看看报，优哉游哉，还真是个理想的写作和休息场所。

龚全珍打定主意后，便向自己的子女摊牌了，谁知道这个问题刚一提出，便遭到了子女们的强烈反对。

“幸福院是无依无靠的孤寡老人的栖身之地。您身边儿女满堂，孙子孙女绕膝，平日不愁吃，不愁穿，无忧无虑，怎么还打主意要去幸福院？这不是存心拆我们的台，丢我们的脸，让外人在背后说我们闲话，戳我们的后背根？”大女儿平荣首先提出了反对意见。

平荣的话音刚落，二女儿仁荣也接上了话：“幸福院里都是上了年纪的老人，万一您有个头痛脑热谁来照顾您？”

就这样，女儿们你一言我一语，结成了统一战线，坚决不让自己的妈妈去幸福院。

龚全珍一瞧这阵势，感到还真是阻力重重。她稳定了自己的心情，心平气和地把自己的心思告诉儿女：“孩子们，你们的顾虑是多余的。首先，我目前的身体状况是良好的，也不需要人来伺候我，我的生活完全可以自理。至于旁人说闲话一事，嘴巴长在人家的身上，人家要怎么说就让他们怎么说，反正我走自己的路。让他们说够了，说烦了，自然会知道住口的，何必杞人忧天呢？”

“妈妈，瞧您这副倔劲儿，究竟进幸福院有什么好处？”儿女们异口同声地问。

龚全珍似乎早已成竹在胸，扳着手指诉说开了：“我到幸福院去的好处多着哩！第一，幸福院都是孤寡老人，很可怜，我去可以关照他们，调查他们家里的一些情况，为他们做点实事；第二，幸福院对面就是琴亭小学，我随时可以进去和老师、学生们说说话，还可以搞校外辅导；第三，幸福院隔壁就是革命烈士纪念堂，我随时可以进去瞻仰他们，祭奠他们的英灵。”

说到这里，龚全珍的情绪突然变得更加激动起来了：“孩子们，你们大概还不晓得吧，南门口外的这片地方原来是大沙洲，当年俗称南门大沙洲。大革命期间，这里曾经有过一段辉煌的光荣革命历史。1926 年 10 月 26 日，毛泽东同志曾经率领秋收起义部队驻扎在县城，毛委员就住在几米远外的宾兴馆内，并召开了前委会议，作出了向井冈山进军的英明决策。以后，随着工农运动的蓬勃发展，在如火如荼的峥嵘岁月中，全县革命群众在这里开过祝捷大会，红军部队在这里举行过会师大会……

琴水河在这片大洲旁边哗哗流淌，岁月无情，历史有痕，我想念你们的父亲时，住在那会觉得离他更近一些。”龚全珍不愧是当年西北大学的高材生，竟然将半个世纪以前的这段红色历史讲得栩栩如生，活灵活现，让围在她身边的儿女们又觉得句句在理，无言以对。

龚全珍的语调突然变得低沉起来了：“不错，这南门大洲有过令人神往的辉煌岁月，但也曾经弥漫过难忘的白色恐怖。国民党反动派曾经常将这片大洲变成一个大屠宰场，无数革命先烈的鲜血染红过这片大洲。莲花县第一任苏维埃政府主席刘仁堪，就曾经在这片血染的大洲上，演出了一场气壮山河、威慑敌胆的历史大剧！”

讲到此间，龚全珍的眼眶湿润了。她转身从房间里取出一本退了色的旧日记本，哆哆嗦嗦地翻到其中一页，随着又开口了：“孩子们，这是我当年参观莲花县革命斗争纪念馆时，记录下刘仁堪烈士英勇就义时的那个壮烈场面——刘仁堪被绑住了双手，站在一张桌子上，依然不住口地呼喊着‘中国共产党万岁！革命成功万岁！’的口号。敌人恼羞成怒了，刽子手用尖刀残忍地割下了刘仁堪的舌头，顿时鲜血如注，从他身上沿着大腿流到了桌上。刘仁堪嘴里不能说话了，便用脚趾头蘸着自己的鲜血，在桌上写下了六个气壮山河的鲜红血字——革命成功万岁！”

龚全珍讲述这段史实时，语调显得十分悲怆，神情十分激愤，讲着讲着嗓音哽咽了……

儿女们一直围在龚全珍的身边静静地听着、听着，脸部的变化随着妈妈的情绪而变化。当妈妈最后泣不成声时，她们每个人的鼻子都酸了，随着双颊淌下了两行滚烫的泪水。

屋子里静默了好一阵子，谁也没有说话。最后还是龚全珍打破了这沉寂，首先开口说话了："孩子们，妈妈干脆把心里要说的话都说了吧，有件更重要事情，没跟你们说，就是我想找个安静的地方，着手把你们父亲的事迹整理成文字，家里人来人往，太吵……现在你们总可以理解妈妈为什么要进幸福院的心情吧？"

"原来妈妈还是放不下爸爸。"大女儿平荣率先点题了。

"是啊，平儿说对了一半，也不仅仅是为你爸爸。我去幸福院还可以干点小事，做些简单的工作。"龚全珍说，"现在，就请你们都表个态，同意我去幸福院的就举手吧！"

随接，一只只手齐刷刷地举了起来。

龚全珍笑了，脸上的皱纹都舒展开来。

几天后，龚全珍搬进了南门幸福院，从此开始了自己新的生活。

进院的第一天，龚全珍发现院里的几位老人洗衣服都是将衣服泡在脚盆里，然后用搓板双手搓。搓了半天累得腰酸腿痛，不住地用手捶背。龚全珍便感到心疼了，都啥年头了，还在干原始活？于是便找到院长提议，为了减轻老人们的负担，她准备买台洗衣机供大家使用。

第二天，她便找到自己的女婿，商量好星期日送台洗衣机到幸福院来。谁知还没到星期天，院长便通知龚全珍，院里已经添置了一台洗衣机，就不必让你个人添麻烦了，龚全珍听罢还真高兴极了。

翌日，闲着没事干，龚全珍又跑进了对面的琴亭小学，找到了学校领导，提议组织一个"幸福学习小组"，由自己担任辅导员。校方很快给她提供了10多个对象，龚全珍乐呵呵地在本子记下了他们的名字和家庭住址，然后在幸福院安排了一间屋子，学习小组就这样开始学习了。从此，这幽静的幸福院又增添了一道亮丽的风景线。龚全珍的无私关爱，点亮了这群儿童的生活希望。

在幸福院的这段日子里，龚全珍还先后与县共青团、县关工委的干部们经常在一起商讨落实“希望工程”，走访贫困学生，并为他们排忧解难……桩桩件件，件件桩桩，无不凝聚着龚全珍的奉献精神。

而每当夜深人静之际，龚全珍却还要在日记中扪心自问：“在这块烈士鲜血染红的土地上，我所做的一切太微不足道了，有愧于英烈们的期望啊！我必须继续努力！”

这种自责和内疚，恐怕九泉之下的英烈们听了也会为之动容的啊！

18

两只风筝还心愿

龚全珍高兴极了，仿佛拾了两个大元宝。心里乐滋滋地喊着："还愿了！还愿了！"

韶山，是开国领袖毛泽东的故乡。一年四季，前来瞻仰的游人络绎不绝，淳朴好客的韶山人每天都要满腔热忱地接待着一批又一批来自祖国四面八方的客人，还有来自五大洲四大洋的外宾。

一个风和日丽的日子里，有支来自井冈山下的参观团也出现在美景如画的韶山冲里，他们就是莲花县琴亭小学的全体教师。而在这支参观学习的队伍中，尤为引人注目的是一位年逾古稀，满头银丝的女教师。她，就是该校特聘的荣誉校长和校外辅导员龚全珍。这次全校教师前来韶山参观学习，特邀了这位老人，使她感到非常高兴。一路上，谈笑风生，兴致极好，看不出半点旅途上的疲劳。

参观时，龚全珍和这些教师一道走山路，爬陡坡，她不要别人搀扶，坚持独立行走。参观完毛主席的旧居，又来到滴水洞。沿途情绪高涨，不断发表见解，抒发感情。

一个上午参观的时间很快结束了。太阳当空，正值午间，校长宣布在附近餐馆集体用膳。

然而，谁也没注意到就在这时，龚全珍突然"失踪"了。直至大伙用完膳后，有人才惊呼起来："龚校长，龚校长呢？她还没有吃饭啊！"

于是，众人一阵忙乱，四处寻找，连声呼喊："龚校长！龚校长！……"

校长着了慌，急忙组织人员，分片寻找。

就在这时，龚全珍突然从不远处的一棵大树下笑嘻嘻地走出来，不住地挥手回应："不要着急，我在这里，我在这里！"

校长急忙迎上前去埋怨道："龚校长，您到哪里去了？还真吓了我们一大跳！"

龚全珍哈哈大笑："这么一个大活人还会丢失么？"

校长便催促道："快去用膳，大家都已吃过了！"

龚全珍急忙回答："我也吃过了！"

校长惊讶极了："什么，您也吃过了，在哪里吃的？"

龚全珍指着那棵大树："就在那边的树荫下吃的。"

校长瞧着龚全珍背着的那个挎包，似乎明白了："又是自带干粮来的？"

龚全珍微笑："人老了，牙齿也不中用了，只能啃馒头，吃饼干啊！"

校长摇摇头，叹了口气："龚校长，您呀……"

接着，校长便又宣布，休息两个小时，就在附近自由活动，但不能跑远了。3 点钟准时上车返程。

老师们于是一哄而散，就在周围的商店里购买自己需要的东西和纪念品。

3 点钟准时集合上车了，教师们早已大包小包地回到车上坐好了，唯独龚全珍背着两只做工精美的风筝最后一个上车。这两只风筝还真造型生动，栩栩如生，光彩夺目，展翅欲飞。教师们只瞧了一眼，便赞不绝口。

“龚校长,这两只风筝是带给您的孙子、孙女们的礼物吧!”

“不是!”龚全珍摇着头打了个哑谜,“你们猜一猜,看谁能猜中?”

“既然不是带给您的孙子、孙女,那么一定是带给您的幸福学习小组的孩子们!”这位善解人意的女教师还真一语破的了。

龚全珍含笑默认了。耳畔边随着又传来了一阵阵赞叹声——

“这个龚校长啊,平常舍不得在自己身上多花钱,可帮助别人时却慷慨大方得很!”

“你瞧,刚才她连午饭都舍不得吃,躲在一边啃馒头,这会替孩子们买风筝!”

“怪不得人家说,龚校长是甘祖昌精神的践行者、传承者,看来这话一点也不假啊!”

……

龚全珍似乎听着全不在意,身子靠在椅背上,闭目假寐,思绪却随着车子的晃动像一朵彩云似的飘动起来。

就在来韶山参观的前一天,龚全珍在幸福院的院子里给“幸福学习小组”的小朋友讲故事。他们大都是从乡下来的贫困孩子,经常得到龚全珍的温馨关照。其中有一位叫亮亮的残疾孩子,右眼从小失明了,但他非常聪明,勤奋好学,龚全珍十分疼爱他。

有一次,龚全珍向“幸福学习小组”的孩子们提问:“你们最大的心愿是什么?”孩子们便争先恐后地发言了。

“我的最大心愿是让爸爸、妈妈带我外出旅游,看看外面的世界究竟怎么样?”

“我的最大心愿争取能吃上一顿香喷喷的红烧肉!”

“我的最大心愿是能添置一套好衣服!”

“我的最大心愿是让爸爸妈妈多赚点钱,改善我家的生活!”

……

所有的孩子都发言完了,就剩下亮亮没吭声。

龚全珍和蔼地问道:“亮亮,你的最大心愿是什么呢?”

亮亮仰起头望着龚全珍怯生生地回答:“奶奶,我的最大心愿是拥有一只漂亮的风筝。”

龚全珍笑着说道:“拥有一只风筝不过是小事一桩,不算最大的心愿。请你仔细想一想,再作补充。”

“不!”亮亮摇着头回答,“我们家很穷,爸爸经常有病,妈妈是个残疾人,经常连饭都吃不饱,哪有钱给我买玩具?能拥有一只风筝就是我最大最大的幸福了!”

龚全珍听完亮亮的解释后,不由产生了一种伤感,怜悯之心油然而起,她轻轻地抚摸着这孩子的头,深情地安慰道:“亮亮,你这心愿奶奶替你记着,一定会帮你还愿的!”

第二天,为了兑现自己的承诺,龚全珍走遍了县城的大街小巷找风筝,可就是没发现一家卖风筝的商店。她只好深表遗憾地叹了口气,心里说,这个愿望我一定要想办法帮他实现的。

还真谢天谢地,想不到这次韶山之行,竟然无意中买到了两只漂亮的小风筝。龚全珍高兴极了,仿佛拾了两个大元宝,心里乐滋滋的。

大巴在高速公路上平稳地疾驰着。龚全珍仰靠在舒适的坐椅上闭目养神,不知不觉睡着了。同伴们发现睡梦中的她,嘴角边还露出甜甜的微笑。

归程后的次日大清早,龚全珍一出现在“幸福学习小组”,小朋友便雀跃着涌上前来,“奶奶”前“奶奶”后,就像麻雀嫁闺女似的嚷开了。

不知是谁眼尖,首先发现了龚全珍背着的那两只风筝,便兴奋地拍着小手喊了起来:“奶奶给我们买风筝了! 奶奶给我们买风筝了!”

其他的小朋友见状,便也随着欢呼雀跃。

龚全珍笑呵呵地从背上取下这两只风筝,将其中的一只递给学习小组的组长,吩咐道:“这是集体的,供全体小朋友玩!”

然后又将剩下的这只郑重地交到了亮亮的手上,大声宣布道:“亮亮,这是给你一个人的!”

亮亮将这只风筝紧紧地贴在胸前,感动得什么话也说不出来。许久许久,终于泪眼婆娑地说了一声:“奶奶真好!”

龚全珍望了望外面蓝蓝的天空,笑呵呵地吩咐道:“现在你们可以到外面放风筝了!”

不一会,幸福院的上空便出现了两只美丽的蝴蝶风筝,它们在蓝天下翩翩起舞,互相追逐,伴随着孩子们欢乐的笑声。

幸福院里的老人们听到孩子们的欢乐声,全都赶出来瞧热闹了。得知这两只风筝从韶山捎回来的,一个个齐声夸赞龚全珍鹤发童心。

19

甘家门风不能倒

俗话说，千日门风不能一日倒。我们甘家的门风也应当要求代代传下去，绝不允许半途倒旗帜！

你难道还不了解，在处理公与私的问题上，奶奶和爷爷都是共同的观点——一根筋！

龚全珍在去幸福院以前，一直住在三女儿甘公荣家。女儿和女婿金林对她一直很孝顺，吃穿伺候挺周到。可龚全珍过惯了节俭的日子，衣服买贵了她不愿穿，水果买贵了她不愿吃。龚全珍平日在家弄弄三餐茶饭，闲下来就是读书报，看电视。

女婿金林一直在县电影公司当放映员，经常早出晚归，十分繁忙。这天晚上，都快10点多钟了，金林还没回家。龚全珍没有早睡的习惯，坚持在客厅里看电视。这会儿一瞧夜深了，女婿还没回家，不免有点挂念，便问女儿公荣什么情况。公荣回答说："他们公司改革以后，精简了人员，放映任务更艰巨了，经常要跋山涉水深入山区放映，累得够呛。"

龚全珍"啊"了一声，自言自语道："放映工作看来还真是够艰苦的了。但全国有多少人在从事这项工作。比上不足，比下有余，有的工种比放映工作更苦、更累。工作都需要人来做，就做个永不生锈的螺丝钉吧！"

女儿一听心中明白了，母亲这席话是说给她听的，让她做个传声筒，安慰她丈夫的。于是，便接过话头表了态："妈妈，你就放万心，我和金林是经得起任何考验的，决不会产生任何私心杂念！"

"好哇？"龚全珍高兴地说，随即缓缓地解释道，"根据目前的形势，调动工作也确是很困难哟！下岗的人员实在太多了，我们不能给国家添麻烦和困难啊！"

"困难？"龚全珍的话被来窜门的邻居大妈听到了，接过了话头，"那些有权势的人，能呼风唤雨的人，不就把调动当作小菜一碟！听说有个局长的司机，家属没有工作，局长一点头就招工进了单位。这些人还真有本事，一手遮天！党风何在，党纪何在？"大妈邻居打抱不平，越说越愤怒，声音也抬高了。

龚全珍听得连连摇摇头，批评道："老王，你怎么老是看到社会的阴暗面，而看不到光明的地方呢？你只看到了极少数的昏官、贪官的丑恶嘴脸，为什么没看到焦裕禄、孔繁森这样党的好干部的光辉形象呢？"

王大妈摇头："可惜像焦裕禄、孔繁森这样的干部太少了，要不，而今社会风气怎么会这样呢？"

龚全珍一听懵了："社会风气怎么了？"

王大妈苦笑："龚老师还真想听？"

龚全珍点点头："好话坏话都要听，反对的话更要听。"

王大妈说："现在社会风气变了，做事靠关系，行世看等级。一等人掌实权，批条画圈就来钱；二等人是官倒，倒了批文倒指标；三等人有后台，弄点名堂就发财；四等人大盖帽，吃了原告吃被告……十二等人是教师，一年四季欠工资；十三等人老大哥，工厂关门没吃喝；十四等人作田佬，交了粮食收白条；十五等人是盲流，不知何处是尽头。"

龚全珍听王大妈说完，心情沉重起来，良久才评论："这些观点都是见木不见林，只看到一点，不见其余。看问题应该看主流嘛，如果全社会都是这般黑暗，共产党还能站稳脚跟吗?"说完，她从自己的房间里取出一本杂志，翻到其中一页，递给王大妈说，"老王，我也念一段社会歌谣给你听听！"接着，有板有眼地念了起来，"正风歌——家中不听'枕头风'，外出不忘'调查风'。任人不搞'裙带风'，办案不允'说情风'。身正不怕'诬告风'，办公不怕'吹冷风'。有才不管'嫉妒风'，成绩不准'虚报风'。说话不兴'浮夸风'，办事不容'拖拉风'。对上不追'谄媚风'，对下不要'逞威风'。学习不刮'一阵风'，批评不当'耳边风'。挺起腰杆顶歪风，理直气壮正党风。这才是我们社会的主流风气！"

这顺口溜刚刚念完，邻居王大妈自知理亏，便直伸懒腰，打了个长长的哈欠，自我解嘲道："走咯，到街上走走去。"她边说边搭讪着推门走了。

等邻居王大妈走后，龚全珍便吩咐女儿道："孩子，我已经想好了，找个礼拜天，把全家都召集起来开个家庭会，会议内容就是如何继承甘祖昌精神。俗话说，千日门风不能一日倒。我们甘家的门风也应当要求代代传下去，绝不允许半途倒旗帜！"

女儿和女婿听出了这话的潜台词，回答："行！"

夏季，天亮得早。龚全珍起床洗漱完毕后，就到附近的广场上散步去了。公荣夫妇开始忙着做早饭，外面突然闯进一个女孩子来了，进门直呼"姑姑"！

公荣一听声音便晓得是侄女红梅来了。红梅原是县印刷厂的职工，自从厂子倒闭以后，她一直在外面打工，拼搏奋斗，好几年没见面了。这会侄女突然出现在面前，公荣自然又惊又喜，于是开着玩笑问道："清早喜鹊叫，客人早来到。果然，我侄女来了！"

红梅朝沙发一上坐,故弄玄虚道:“告诉姑姑一个特大喜讯!”

公荣瞪大眼睛问道:“你中大奖了?”

“不,我现在当上女老板了!”红梅笑嘻嘻的,一副春风得意的样子。

公荣恍然大悟了:“原来你时来运转了,当什么老板了?”

“姑姑,我现在在萍乡开了家花店,生意可红火了!”红梅摆着一副老板的神气。

公荣扑哧一声笑了,赞叹道:“行啦,真做老板了啊,发财别忘了老姑呀!”

“那是自然。我现在才知道,外面的世界真精彩!”侄女眉飞色舞。

公荣连连点头:“年轻人就是要到外面去闯世界,才能有出息啊!”

“是呀,奶奶不是经常教导我们,靠娘娘会老,靠墙墙会倒。只有靠自己,才是最好。这是千真万确的真理。”红梅深有感触。

公荣叹了口气:“红梅啊,你讲得很对,你奶奶从不为自己的事求人,奶奶和爷爷都有一个共同的特点——自力更生!”

红梅笑着点头补充道:“艰苦奋斗!”

“可不。”这时姑夫金林也插上了嘴,“艰苦奋斗代代传,奶奶说了,过几天要召开家庭会,讨论如何巩固甘家门风的问题。”

红梅一听,连连点头:“我赞成!”

话音刚落,龚全珍进门来了。红梅立即从沙发上弹了起来,亲热地喊了声:“奶奶!”

龚全珍高兴地将孙女搂在怀里,连声问道:“红梅,这么久没见面了,是不是怪奶奶没关照好你?”

红梅急忙解释:“奶奶,我可从没有向你提出过什么要求。只是在外面太忙,实在抽不出身子回家。我在萍乡开了家花店,自力更生创业,不会给你丢脸的。”

“好哇，我孙女有出息了！”龚全珍很高兴，“好！红梅，你有志气，不愧是甘祖昌的后代！你们要时刻记住，只有靠自己拼搏奋斗创造生活，才会获得真正的幸福！任何时候都不能躺在父辈的功劳簿上享清福，更不能向组织上提要求，要老老实实做人，勤勤恳恳工作，尽可能多帮助别人。”

“奶奶，我记住了！”孙女连连点头。

龚全珍将孙女紧紧地搂在胸前，祖孙俩十分亲热……

20

伟人风范永驻心

任何时候我们都不能忘记在党旗下举过的手,任何时候我们都不能忘记在党旗下发过的誓,要为共产主义事业奋斗一辈子。

1993年3月的一天晚上。

屋外,春雷滚滚,春雨潇潇,苍天把无数银白色的小雨点洒向夜空,洒向大地。春风不时打着口哨呼啸而来,给人们增添了丝丝寒意。

屋内,龚全珍独自靠在沙发上对着电视机,满脸哀伤,泪雨滂沱,泣不成声。

"妈妈,您怎么啦?是不是又让什么电视剧给感动了?"女儿公荣闻声从卧室内探出半个身子,笑着大声发问。她知道自己的母亲素来有这么一个习惯,如果看到电视剧中有极其感人的情节,总是容易被打动,以至鼻子发酸,潸然泪下。可今晚这情景有点太特别了,似乎伤心过了头,妈妈连回应都没有。

公荣见状,有点不放心了,急忙步入客厅探看究竟。

一看,公荣也怔住了。正值央视"新闻联播"时间,电视机里正播出阵阵揪心的哀乐声,播音员正以沉重的语调,沉痛地发布中国共产党的优秀党员,伟大的无产阶级革命家、政治家、军事家,坚定的马克思主义者，党和国家的卓越领导人，中华人民共和国副主席王震同志不幸逝世的消息。

公荣顿时惊呆了，伫立在妈妈的身边，久久说不出一句话来。听父亲生前讲述过，这位国家副主席不仅是他的老上级，而且还是他和妈妈结婚时的介绍人。无论是在战争年代，还是在建设新中国的日子里，爸爸和他的友谊非同一般。而今想不到他也和爸爸一样悄悄地离开了这个世界，妈妈怎能不为之十分悲痛呢？

“孩子，你知道吗，这位王司令员，我们从20世纪50年代起就相识了。那时我在新疆军区八一子弟学校教书，他就住在我们学校旁边，经常到我们学校和老师拉家常，还为我们写校歌，没有半点架子，深受全校师生的爱戴……”龚全珍哽咽着，悲痛地向女儿叙述着那一段段难忘的往事，女儿是默默地聆听着，不时用手背揩着淌在双颊的泪花。

“……可惜啊，可惜！近几年很少见他在电视里出现，我就感到有些情况不妙。他胃不好，50年代就割掉了大半个胃。他凭着坚强的革命意志，一次又一次战胜了伤病的折磨，活到85岁高龄，真不容易啊……”龚全珍哽咽着，深情地说，“王震同志始终忠于党、忠于人民，他在战争年代是革命猛将。他在‘文化大革命’中同林彪、江青反革命集团进行了坚决的斗争。他在和平时期是党著名的实干家，一生勇挑重担，勇往直前，是富有蓬勃朝气、昂扬锐气和浩然正气的老一辈革命家，在党内外享有很高的威望。他襟怀坦荡、率真赤诚，他刚正不阿、光明磊落，胸怀宽广、无私无畏，具有高尚的人格魅力。他平易近人、密切联系群众的优良作风，艰苦朴素、廉洁奉公的优秀品质，都是值得我们永远缅怀和学习的。”

在女儿的劝慰下，龚全珍好不容易才平静下来，迈着沉痛的步履，蹒跚着回到了自己的卧室。毫无疑问，这一晚上老人家又夜不能寐了。

生老病死，新陈代谢，是自然法则。然而一旦面临生离死别，无论是亲人之间，还是亲密战友之间，总是如此让人肝肠寸断。所以，当龚全珍经过了一个晚上的痛苦折磨后，她毅然做出了一个不寻常的决定：趁着自己身子骨还硬朗，还能走动时，尽可能地去多拜访当年自己和丈夫的老战友。一则团聚，重叙友谊，互致问候；二则回忆峥嵘岁月，砥砺意志，提升生命质量，相互支持，互相学习。总而言之，一句话，决不能坐着等死！只要还有一口气，就必须互相激励，高质量地活好每一天，而且还要做到人尽其才，争取能给后代留下一笔宝贵的精神财富！

龚全珍打定主意后，就开始了走访老战友的行动。在九江市，她让女儿仁荣陪同拜访了红军老战士杜宏鉴，他也是甘祖昌并肩战斗过的老战友，已经82岁了，但精神依然矍铄，头脑依然清醒，说话头头是道，很有水平。见到龚全珍高兴得打着哈哈，笑得合不拢口。他乐呵呵地自我介绍，虽然年逾八旬，但现在还是关工委的顾问，仗着精力充沛，依然经常深入中小学，给中小学生、青年们做传统教育报告，深受青少年的欢迎。

“向杜老学习！向杜老致敬！”龚全珍听罢，感到由衷钦佩，不住口地连声赞叹。

忆往昔，峥嵘岁月稠。一提起当年的往事，两位老人你一言，我一语，就像江河开了闸，滔滔不绝，奔流不息。不知不觉就过去了大半天时间。若不是双方的亲人提醒，还真能聊个没完没了。告别时，龚全珍还从这位老战友处借了一套二军团解放战争的史料和一本《王恩茂日记》。

往回走时，龚全珍一路上还在高兴地念叨着：“又收获了许多‘精神食量’，不虚此行！”

1997年2月的一个晚上，龚全珍在看央视“新闻联播”时，又收看到了一个惊人的噩耗，中国共产党的第二代核心领导人，伟大的马克思主义者，伟大的无产阶级革命家、政治家、军事家、外交家，同时也是中国人民解放军、中华人民共和国的主要领导人之一，中国社会主义改革开放和现代化建设的总设计师邓小平同志因病医治无效与世长辞了，享年93岁。

74岁的龚全珍情不自禁地老泪纵横，哀痛了好一阵子。并在自己的日记中记下了这么一段充满激情的话语：

……邓小平同志临终提出捐献眼角膜，躯体火化，骨灰撒入大海。这位伟大的无产阶级革命家又为共产党人做出来了榜样。他一生三起三落，从不向错误屈膝，这是他最伟大的地方，也是最难学习的地方。

眼睁睁瞧着不少革命前辈相继离开了人世，龚全珍感到焦急的是，自己也年事已高，说不定哪一天双腿一挺也会见马克思去了，可是自己晚年的许多愿望还没有实现，她正在思谋用手中的笔，记录下自己和战友们战斗过的足迹，写一部《甘祖昌传》。此愿未了，怎么能甘心？她决心抓紧时间继续去拜访健在的老同志，了解真实的甘祖昌，了解真实的革命年代。

怀着这种紧迫感，龚全珍紧接着拜访的，是甘祖昌的老战友王化明。王化明和甘祖昌相识在抗日战争期间。1939年他和甘祖昌一起从华北抗日根据地回到延安，都在三五九旅。那时，甘祖昌在供给部任军需科长，王化明在旅卫生部供给科工作。因为工作关系两人联系较多，两人甚至从此没有分离过，随着部队的辗转，从延安南下北返，中原突围，转战大西北到新疆，一直在一起并肩战斗，一直在甘祖昌的领导下工作，历任财务部财政科长、副部长、部长，可以说对甘祖昌知根知底。甘祖昌给他留下的印象太深刻了，特别是甘祖昌对党的事业忠心耿耿，坚贞不移，有很多感人肺腑的故事,让王化明终生难忘。

所以,这次和龚全珍见面后,他就沉浸在与甘祖昌并肩战斗的烽火岁月,沉浸在艰苦奋斗却美好的回忆中。他回忆说:“甘祖昌跟着王震打仗,哪儿敌人多就往那冲,哪儿苦就到那去,哪儿工作难搞就到那搞,既是一员猛将,也是一个实干家。他处处以身作则,冬天没棉衣,他给每个人发2斤羊毛,谁先捻出线,就给谁织毛衣毛袜。甘部长很会算账,一件衣服要用多少布,多少线,他都很清楚。有一次,王震找他多要一些衣服,他说:‘首长,这个您说了算。’王震哈哈一笑:‘我说了算,还找你干什么?’接着又补充了一句,‘你不要什么都卡得那么紧嘛。’甘部长也笑了:‘我手里一没钱,二没物,不卡紧,怎么办?’”

王化民赞叹说:“甘部长是真正的共产党员,我们又爱他又怕他。对工作要求十分严格,对同志呵护十分细致。赵青同志是甘部长的秘书,我们一谈起甘祖昌,赵青总会情不自禁地说起甘将军对他的爱护和信任,掩饰不住感激和怀念之情。”

……

王化民讲得栩栩如生,龚全珍听得聚精会神。两人不知不觉就谈到深夜,龚全珍怀着歉意地说:“王老,真是不好意思,耽误您休息了,真不好意思。”王老摇头说:“说哪里话,请你还请不来,我真想和你畅谈甘祖昌的故事,三天三夜讲不完啊。”

握别王老,临睡觉以前,龚全珍把这些采访到的宝贵资料重新在笔记本里整理了一下。《甘祖昌传》是青少年儿童的革命传统教材,需要收集大量素材,龚全珍就是这样从点点滴滴做起,亲力亲为,乐此不疲,他希望通过自己的笔写出甘祖昌的真精神。

1995年夏天,龚全珍赴京参加抗日战争胜利50周年农村老党员座谈会，再次来到毛主席纪念堂，瞻仰伟大领袖毛主席的遗容。随着络绎不绝的人流来到毛主席的遗体前，龚全珍深深地鞠了三个躬，远远地望着主席遗容，心潮难平，心想："敬爱的毛主席呀，您睁开双眼看看吧，您为之奋斗了半个多世纪的社会主义事业，后继有人，今天的中国繁荣昌盛，兴旺发达，您的丰功伟绩有了续篇。您可以安息了，可以含笑九泉了。"

步出纪念堂时，龚全珍觉得耳畔飘来了一阵歌声，使她的精神又为之一振：

那天党旗下举过手，火红的誓言热血像奔流。革命有多长，记忆有多久，镰刀丰收了信念，铁锤锤炼着追求。多次面对困难怎么走，我就问问举过的手。

那天党旗下举过手，崇高的选择一辈子坚守。爱情有多深，情意有多厚，汗水浇灌了青春，豪情铸就了风流。多少次面对诱惑怎么走，我就问问举过的手……

听着这动人心弦的歌，龚全珍意味深长自言自语："是啊，任何时候我们都不能忘记在党旗下举过的手，任何时候我们都不能忘记在党旗下发过的誓，要为共产主义事业奋斗一辈子，这也是毛主席等老一辈无产阶级革命家的期待啊。"

21

处处谦让见精神

傻瓜又如何？雷锋说，只要革命需要，我心甘情愿做这样的傻瓜。你父亲甘祖昌也是个傻瓜，不是吗？

2000年5月间，77岁高龄的龚全珍离开莲花来到南昌大女儿甘平荣的家，母女有些日子没见面了，彼此牵挂，见面后一家人自然其乐融融。

可能是水土不服，不料到南昌的当天晚上，龚全珍突然牙痛。俗话说，牙痛不是病，一痛真要命。这一痛，把老人家折磨了一夜，在床上翻来覆去睡不着，血压都升高了不少。

第二天起床，一照镜子，竟然半边脸都肿起来了。这时她真有点后悔了，在家千日好，出门半日难。好在是在自己女儿家里，要是换了别的地方，还真的比较麻烦。

女儿一瞧这情形，挺焦急的。匆匆吃过早点后，她便赶紧陪着母亲去口腔医院。一位模样挺俊秀的女医生接待了她们。女医生给龚全珍检查了一下，便说要拍片。拍完片后等了近一个多小时，才拿上片子。

女医生仔细看了一番片子，说是牙根发炎，便让龚全珍仰躺在一张椅子上，开始替她治疗。刮了大半天，将连接前后牙的钢丝夹出来了，假牙竟然取不出来。这时已经12点钟了，女医生说该下班了，便吩咐龚全珍过3天再来。

平荣忧心忡忡地问:“我妈这么大年纪,这三天内要是继续痛,我担心她身体可能吃不消啊,能不能……”

女医生不耐烦地打断他的话:“没关系,不会死人的。”

医生态度十分冷淡,平荣还想说什么,母亲却一把拉住她,两人出了门。

女儿气愤地说:“这个医生的服务态度怎么这么差劲?”

龚全珍反倒安慰女儿:“不要紧,我们又不会经常来这医院。”

3天后,龚全珍在平荣的陪伴下又来到了这家医院,直接找到了这位女医生。

女医生正在请人修椅子,瞧了她们母女一眼,慢吞吞地说:“瞧,椅子都坏了,正在维修,不知能不能看病呢。”

平荣有点来气:“医生同志,三天前你就应当把我妈发炎的牙根上的假牙取下来,可你说要下班。今天又说椅子坏了,究竟要我们跑几次,才能看完这个病?”

女医生看都不看她,冷冷地回答:“什么时候修好了椅子,什么时候看病。”

平荣反问:“不是还有椅子吗,为什么不能在没病人的椅子上看病?”

女医生柳眉一竖:“你吼什么?不耐烦就退钱走人!”

龚全珍见状,急忙赔不是:“不急不急,我们可以等。”

等了一会,又有一位高个子老人走进了候诊室,女医生一眼瞧见,急忙笑盈盈地迎上前去:“况大伯,您来了?”

况大伯用手捂住自己的腮帮说:“牙痛又发作了。”

女医生赶紧说:“来,我这就替您瞧瞧!”

说话间，便将这老人安排在另一张椅子上躺下，仔细检查起来。

忙了足足一个小时，等着况姓老人走后，平荣走上前去，小心问道：“医生，现在该轮到我妈了吧？”

女医生依然头也不抬，没好气地说：“还有一个病人，靠边点。”

果然，不知从哪儿挤出一个年轻人，看得出又是女医生的熟人。

这时，平荣忍无可忍了，待要上前理论一番，龚全珍急忙把她拉过一边，悄悄地说了声，“平儿，妈有件事要告诉你。”平荣只好作罢。

龚全珍将女儿拉到外面，安慰道：“不愉快的事情生活中常常会有，犯不着生气，退一步海阔天空，要有容人的肚量。”

女儿不服气道：“妈，不是我没有肚量，而是看不惯现在有些医生的医德，这股歪风邪气不能这样发展下去！我们不能无原则地让步，否则，就会被人当作傻瓜一样欺侮。”

“傻瓜？”龚全珍不以为然，“傻瓜又如何？雷锋说，只要革命需要，自己心甘情愿做这样的傻瓜。你父亲甘祖昌也是个傻瓜，不是吗？先让人家看，不要紧，人家牙痛比我厉害。”

“妈，您真会谦让。唉，拿您真没办法。”甘平荣理了理头发，说，“总得有个先来后到吧？”

龚全珍长长地叹了一声：“没有医德的毕竟是少数。落后的人，需要慢慢去说服教育，而不是对着蛮干。”

女儿摇头：“妈，您这样，是要处处吃亏的。”

龚全珍笑了：“吃亏也是福，只要人家高兴就可以。”

接着，母亲还给女儿又讲了一桩不久前发生的事情。两个月前的一天，龚全珍在自家门口碰上了一个卖米的乡下中年人，问她要不要米。龚全珍说：“不要，家里还有米呢。”

乡下人便央求道:“老人家,我是农村来的,孩子正在上学,等着卖了米来交学费,请您能不能帮个忙买下一袋?”

龚全珍瞧对方说得这么可怜,顿生慈悯之心,点头同意。

中年人大喜,连连表示感激。用自己带来的秤,将其中一袋米称给龚全珍看:“老人家,您瞧,这袋米共93斤,就算90斤吧!”

龚全珍有点疑问:“一袋米有90多斤?”

中年人似乎有点生气了:“老人家,我也快50岁的人了,怎么会欺骗您呢?您瞧瞧这秤吧,只会多,不会少!”

龚全珍看他说得那么肯定,就相信他了,给了他90斤大米的钱。

中年人欢天喜地地走了。不一会,女婿金林回来了,一瞧这袋米,摇头,不相信有90多斤。借了把秤来一称,足足少了20斤!便拔脚要去寻找那个中年人,龚全珍一把将他拖住,说:“算了算了,人家也不容易,不就是20斤米吗?就算扶贫了吧。”

金林说:“妈,这个您也谦让?扶贫光明正大,可他是欺骗您啊!”

龚全珍摇摇头,叹了口气:“人不到山穷水尽,不会这样的。农民都很朴实,不必计较。”

甘平荣母女俩在门口说着悄悄话的当儿,声音虽小,但被在不远处的一个实习医生听到了。说者无心,听者有意。小伙子悄悄地吐了一下舌头,急忙走到那位女医生身边,俯身耳语了几句。

这位女医生顿时脸色红了起来,急忙从里面快步出来,朝龚全珍恭恭敬敬地认错道:“老人家,真对不起,我不知道您就是甘祖昌将军的夫人,太为难您了,真不好意思!”

龚全珍连连摆手:“没关系,没关系,我不要紧,你先忙你的去吧。”

女医生更加局促不安地说道:“不不,我这就帮您治疗,快请进!”接着，连拖带拉地将龚全珍请进了诊室。

瞧着这戏剧性的一幕，平荣不知说什么好。

……

从医院回到女儿家，龚全珍睡了一个安稳觉，做了一个甜甜的美梦。梦见自己的丈夫甘祖昌就坐在她的床头，笑眯眯地问道："听说你在医院坐冷板凳了，委屈么？"

龚全珍笑了："我才不生气呢，你不是说生气解决不了问题，生气是跟自己过不去吗？何况，方便别人也是方便自己嘛，只有不耽误看病，谦让一下有何妨？"

甘祖昌呵呵大笑："看来你觉悟不低，处处谦让见精神啊。"

"是吗?!"龚全珍听到将军的表扬很开心，兴奋地大声叫了一声，坐了起来，醒了，卧室内空空荡荡。

天已大亮……

22

济贫助学多善举

听说甘祖昌将军生前为群众做了不少好事，想不到他的夫人也是这样的好人啊！

我龚全珍只不过尽了一个共产党员应尽的义务，做了一桩应当为民分忧的事情，人民是我们的衣食父母，可想不到群众会如此感恩戴德。惭愧啊，惭愧！

工资是国家给的，除了最基本的生活费用外，我也没其他什么消费，工资还有点剩余，余了就要做点什么事，要去帮助有需要的人，做个共产党人不能光顾自己！我个人虽然能力有限，杯水车薪，无济于事，但有一分热就要发一分光！

龚全珍刚刚吃过早饭，县关心下一代工作委员会办公室的孙主任和县教育局郭局长便在楼下直着嗓子喊起来："龚校长！龚校长！"

龚全珍一边答应着，一边朝楼下走去。开门一瞧，只见一辆旧吉普车就停在胡同里。郭局长有点难为情似的说道："龚校长，单位没好车子，就这破吉普，委屈您老了。"

龚全珍笑着回答："有吉普就不错了，二万五千里长征是靠两条腿走出来的，我要不是年龄大了，这10多里路程完全可以走个来回，可现在年岁不饶人啊！"

孙主任随着介绍今天的工作任务:“龚校长,我们今天是去下坊的湾溪小学,请您讲授革命传统教育课。”

“行,你们联系好了,我就坚决执行。”龚全珍边说边上了吉普。三个人一路闲聊着,不知不觉就到了湾溪小学。

刚下车,上课铃便响了,校长从远处跑步过来兴奋地说:“龚校长,你真准时啊!”

龚全珍笑了:“谢天谢地,没迟到就好!”

校长于是将龚全珍引进了三年级的教室……

一堂课很快讲完了。龚全珍走出教室后,便将这个班的班主任拉到旁边悄悄地问道:“刚才坐在中间一个位置上的女学生叫什么名字?”

班主任便问:“就是那个衣衫破旧、面容憔悴的女学生么?”

龚全珍连连点头:“不错,就是她。”

班主任不由叹了口气:“她叫郭艳兰,还准备辍学哩!我做了她好几次思想工作,看来还是没办法挽留她。”

龚全珍又问:“究竟是什么情况要辍学?”

班主任感慨道:“还不是一个穷字!”

龚全珍便吩咐班主任:“请你把她悄悄地叫出来,我想与她好好交谈一下。”

不一会儿,面黄肌瘦的郭艳兰便出现在龚全珍面前。龚全珍仔细打量了好几眼,心里感到沉甸甸的。她抚摸着这小女孩的头,慈祥地问道:“艳兰,你家里离学校不太远吧?”

郭艳兰便指着不远处的一个屋场答道:“就在那边。”

龚全珍便又说道:“你能不能带我上你家里坐一坐?”

郭艳兰有点犹豫:“还有一节课要上哩?”

龚全珍说："离休不代表离岗，支持教育，是我的本分。"图为龚全珍为教育捐款。

龚全珍点头："那我们就自己去吧！"

龚全珍于是和孙主任、郭局长朝对面的那个屋场走去。郭局长是本地人，很快便问到了郭艳兰家里。3 个人一迈进屋里，那景象便使人心中感到难受极了，这是一个多么可怜、充满着苦难的家庭啊！一幅悲怆、凄苦的画面迅速映入了 3 个人的眼帘：

房屋破旧，家徒四壁。破破烂烂的家具，墙角里蛛网密布，让人见了不敢久站，一位弓腰驼背的中年人听见动静，急忙从屋里匆匆忙忙跑出来，望着这 3 个陌生人似乎有点不知所措。

"你是郭艳兰的爸爸吧？"龚全珍开门见山问道。

"是是是……你们是……"驼背说话有点结巴。

这时，从屋里又传来一个微弱的女人声音："客人来了，请人家坐啊！"

龚全珍便走进里屋，只见一位脸色苍白的中年女人躺在床上，正不住地咳嗽着。

龚全珍关心地问道："你是郭艳兰的母亲？怎么害病了？"

病女人痛苦地说："虱婆叮穷人啊！他爹是个残疾人，又患着肝炎，干不了重活；而我身体也一直不好，常年卧病在床，这日子难过啊！"

龚全珍将这一切瞧在眼里，听在耳里，便安慰道："党和人民政府一定会帮助你们渡过难关的!”

龚全珍说完这句话以后,眼圈也红了,鼻子酸酸的,急忙从身边掏出三百元现金,放在这女人的枕头边,女人感动得说不出话来。

郭艳兰的父亲似乎很快反应过来了,结结巴巴地问道:“你……你们……是……是……发……补助……来了?”

郭局长便在旁边解释道:“我们不是来发补助的。这位是坊楼甘祖昌将军的夫人龚全珍,龚校长。刚才我们在学校里见到了你们的女儿郭艳兰,听说她准备要辍学,龚校长特意来看望你们。这钱是她个人给你们的!”

听到这话,女人泣不成声:“这么说,是位大慈大悲的女菩萨进到我们家门来了!”

男人随着喊起来了:“听说甘祖昌将军生前为群众做了不少好事,想不到他的夫人也是这样的好人啊!”

龚全珍急忙解释道:“听说你们的女儿要辍学,我和这两位领导特意上门来帮你们一把,从今以后,郭艳兰读书的所有开支我统统给她包了,行么?”

“天下还有这样的好人?”病床上的女人喃喃念道,连连催促自己的男人,“瞧你像只呆头鹅似的,怠慢这些好人了啊!”说罢,挣扎爬起床来,摸出房来一瞧,客人早已走了,她便号啕大哭了,“好人啊!”

男人站在门口,双手合掌:“好人一生平安!”

按照惯例,龚全珍去乡下讲课从不愿意在单位用膳,要么自带干粮,要么赶回家去吃饭。这次从郭艳兰家中出来后,便和孙主任、郭局长驱车直接回县城。

刚进家门,便瞧见仁荣和公荣两姐妹在厅堂里有说有笑的,一见妈妈回来了,便都住了口,互相神秘地眨着眼睛。

龚全珍纳闷了,佯作生气的样子责问道:“你们两个鬼丫头,在背后说妈妈什么坏话吧?为什么见我回来了就不说了?”

仁荣嬉笑道:“哟,妈,我们要给你唱赞歌都唱不完哩,怎么会说你的坏话呢?”

龚全珍被女儿逗笑了:“鬼丫头,什么时候学得这么油腔滑调!”

公荣证实道:“妈,真的,我们姐妹是在为你传颂一首赞歌!”

龚全珍生气了:“什么赞歌不赞歌,你们就别糊弄娘了!”

仁荣见状,这才收敛笑容,一本正经地解释道:“妈,实话实说,现场报道。今天10点钟左右,我和公荣上街买菜,在商品大世界碰到了一桩非常奇怪的事,这件事的主人公就是妈妈您!”

龚全珍听得不耐烦了:“别卖关子了,直说了吧!”

仁荣这才朝妈妈扮了个鬼脸,有滋有味地讲起来。

仁荣和公荣正在菜摊子里面走来走去挑菜,突然从旁边蹿出来一位中年妇女,走到她们两人面前问道:“你们是甘祖昌将军的女儿吧?”

仁荣和公荣对视了一眼,挺纳闷地问道:“请问大嫂有事吗?”

中年妇女感激万分地朝她们姐妹鞠了一躬,神情十分激动地解释道:“我有个儿子在莲花中学念高三,学习很用功,就是家里太穷,我一个单身女人实在无法支撑儿子继续上学。儿子为体贴我,准备辍学外出打工。就在这时,龚奶奶不知怎么得到了这消息,带着关工委的领导特意找到了我家,上门做我娘俩的思想工作。她说家里再苦也不能让儿子辍学,有共产党在,有人民政府,就会为你们排忧解难!说完这话,老人家便从自己的挎包里掏出一大沓百元大钞放在我手上,叮嘱说,这是三千元,帮助你们暂解燃眉之急。让我们一起共同克服困难,保证你儿子高中毕业。如果能考上大学,我还会继续帮助你们!我当时感激得真想跪下来给她老人家磕几个响头。她一把扶住了我,我的眼泪便像下雨似的哗哗直落。等我抹去泪水以后,才发现她和关工委的同志早已出门去了……"

仁荣听罢这中年妇女的深情叙说,也不由为之动容了,急忙安慰对方道:"大嫂,这些小事你就不必记挂在心上。"

"小事?"大嫂瞪圆了双眼,回应道,"要没有龚奶奶资助的这三千元钱,我儿子这会儿还能参加高考吗?"

就在大嫂诉说的时候,不知不觉围拢了许多人,有卖菜的,有买菜的,众人都陪着这位落泪的大嫂发出阵阵赞叹声。然而仁荣和公荣却承受不了这众多的钦佩目光,急忙从人群里挤出来,逃也似的跑回了家……

仁荣讲完了这桩感人的事后,才发现坐在对面的公荣又被感动一次。

龚全珍听完了女儿的叙述后,神情显得也很激动,自言自语地感叹着:"我龚全珍只不过尽了一个共产党员应尽的义务,做了一桩应当为民分忧的事情,人民是我们的衣食父母,可想不到群众会如此感恩戴德。惭愧啊,惭愧!"叹罢,又叮嘱两个女儿,"这事千万不能朝外讲,这孩子知道了会增加他的心理负担。帮助别人也要保护人家的尊严。"说完,便又情不自禁地吟起一首词来:

靠人民支援永不忘,
他是重生亲父母,
我是斗争的好儿郎,
革命强中强。

公荣拍着双手赞道:“妈妈,这是谁写的好诗呀?”

龚全珍笑着回应:“这是陈毅同志在赣南坚持三年游击战争时,所写的赣南游击词中的一段。”

仁荣随着夸奖道:“妈妈的记性还真好！都半个世纪了,还记得这些革命诗篇!”

龚全珍正色道:“怎么能忘记呢？读着这些光辉诗篇就会经常想到革命前辈亲身经历悟出的一个革命真理——人民,只有人民才是创造历史的动力。”说完,似乎又言犹未尽,继续补充道,“妈妈今天为什么要济贫助学,就因为工资是国家给的,除了最基本的生活费用外,我也没其他什么消费,工资还有点剩余,余了就要做点什么事,要去帮助有需要的人,做个共产党人不能光顾自己！我个人虽然能力有限,杯水车薪,无济于事,但有一分热就要发一分光!”

两个女儿感动极了,认真地说:“妈妈,我们今天才深深地理解到,为什么不少学生称呼您为奶奶,就因为您的大爱无疆啊!”

23

一声“奶奶”泪花流

龚奶奶，从今以后我就叫你奶奶了，因为你比我的亲奶奶还要亲！

奶奶在帮助我的同时，传递给了我的精神力量，让我不断鼓足勇气努力前行。我要用心传递这份精神力量。

龚全珍在幸福院办起的“幸福学习小组”，每逢开始活动时，附近一带的小学生会自觉地到齐，坐在课堂里认真地听讲。

这天，龚全珍正在给小朋友们讲甘祖昌“八粒蚕豆”过草地的故事，小朋友们听得津津有味。突然，她无意中发现课堂好像多了个身材瘦弱的小女孩，而这小女孩似乎听得特别入神。龚全珍不由心中一动。下课后，特意把这小女孩叫到自己的跟前，和蔼地问道：“你是谁家的孩子，叫什么名字？”

“我叫彭艳峰，妈妈叫尹韵娇，在民政局办的针织厂打工。妈妈和我就在附近的租屋住。”小女孩一点也不怯生，挺大方地回答道。

龚全珍还真喜欢上了这个小女孩，继续问：“你妈妈知道你来这里学习么？”

彭艳峰回答：“知道，她说我来这里学习，她就放心了。”

“为什么呢？”龚全珍奇怪了。

龚全珍帮扶彭艳峰家庭，左为彭艳峰母亲。

“因为我们家里是在南岭，来到县城没有一个亲人。放学后妈妈就不让我外出，一个人闷在屋里烦死了。现在找到了一个既可以学习，又可以落脚的地方，妈妈也放心了，我也高兴了。不知道龚奶奶欢不欢迎我？”小女孩伶牙俐齿，看得出是个聪明的小女孩。

龚全珍含笑点头：“欢迎！欢迎！”

隔了几天，彭艳峰又带来了一个小男孩，向龚全珍报到了：“龚奶奶，这是我的弟弟。妈妈说，把他扔在乡下的家里不放心，所以干脆也接到县城来了，让我带着他。不知会不会给龚奶奶添麻烦？”

龚全珍一瞧这彭艳峰年纪虽小却如此懂事，不由又添了几分喜爱之心，便又问道：“你乡下的家里还有什么亲人？”

“……”彭艳峰沉默不语了，低着头，用小手绞弄着自己的衣角。

龚全珍不由得心头一沉，难道又是个不幸的家庭？她不便再问下去，便吩咐道：“艳峰，那你就安排自己的弟弟坐下来，一块听课吧。”

又过了两个星期，龚全珍突然发现彭艳峰心神不宁，听课无精打采，心事重重，便在下课后留下她谈话："艳峰，龚奶奶发现你这几天听课没有集中注意力，是不是家里发生了什么事？"

彭艳峰沉默了半天，才说："龚奶奶，我们可能又要返回南岭老家了。"

龚全珍不由一愣，脱口问道："什么原因？"彭艳峰便"哇"地哭出了声，埋着头，再也说不出一句话来。

龚全珍急了，慌忙安慰道："艳峰，不要急嘛，天大的难处只管说出来，龚奶奶会鼎力帮助你们！"

彭艳峰抬起头来，泪眼婆娑地望着龚全珍，"吭哧"了半天，才好不容易挤出几句话："民政局……针织厂……倒……倒闭了……妈妈……妈妈……失业了！"

龚全珍顿时一怔，但随即以坚定的口吻安慰她："这算什么大问题，失业还可以再就业嘛！天下这么大，总会选择到自己理想的职业！活人不能让尿憋死！"

彭艳峰连连摇头："可我妈……我妈……她是一个……残……残疾人……啊！"

龚全珍终于明白了，为什么问到这小女孩的家庭情况时，她总是默不作声的原因，果然不出所料，也是个可怜的家庭。

于是，下课后她便牵着这两姐弟走访了他们这个临时的家。

当龚全珍见到彭艳峰的母亲时，心里禁不住又战栗了。这位残疾的中年妇女形容枯槁，皮肤黝黑，愁眉不展，额头上的皱纹宛如纵横交错的沟壑，三十多岁的女人瞧上去有五十多岁。这就是生活磨难的结果啊！

"你就是艳峰的妈妈？"龚全珍首先开口了。

对方的脸上不好意思地漾起了歉意的笑："龚校长，谢谢您老人家这些日子对我这两个孩子的关照！可惜我们又要回乡下去了，真舍不得您啊！”这话说得很动情，两颗泪珠在她眼眶边闪烁了一下，但她咬住嘴唇，竭力没让它掉下来。

龚全珍摇摇头：“韵娇，我劝你还是不要回乡下，因为你身体不好，种不了田，养不了牲畜，在乡下过日子就更困难了！”

尹韵娇叹了口气：“在县城重活干不了，轻活无处找，三张嘴吃什么，不也同样困难？”这话刚说完，挂在眼眶边上的两颗泪珠终于掉落下来了。懂事的小艳峰随着眼圈一红，急忙也背转身子擦起了眼泪。

龚全珍也神情黯然了，想不出安慰的话来。

双方就这么沉默了片刻。突然，龚全珍似乎来了主意，猛地一把抓住尹韵娇的双手喊了起来：“有路子了！有路子了！”

尹韵娇苦笑道：“也许菩萨还真开恩了！”

龚全珍呵呵大笑：“不靠神仙，不靠菩萨，靠我们自己！韵娇，你不是在针织厂学会了踩机子么？我看倒不如买一台缝纫机，上街去替人家缝缝补补，也许还能挣钱糊口，总比回乡下要强！”

还真是一语惊醒梦中人，尹韵娇兴奋地喊出了一声：“是啊！我真笨，怎么没想到这个办法呢？”然而，这话刚住口，突然脸色又变得阴暗起来了，嘴里自言自语，“办不成，办不成！”

龚全珍不由急了：“为什么办不成？”

尹韵娇苦笑道：“买部缝纫机要好几百块钱，我们家无隔夜粮，哪来这么多钱？找人借吧，穷家破屋的，谁愿意借啊？”

龚全珍一听解释，顿时松了口气：“不就是几百块钱吗？我给你！”

尹韵娇颇感意外：“龚校长，我们一不沾亲二不带故，您就不担心我这个残疾人还不起吗？”

龚全珍豪爽地大笑："韵娇，你还真是前怕狼，后怕虎，顾虑重重。你放心，这钱不用还了！"

尹韵娇急忙又摇头："不，借归借，这钱我一定要还！"

第二天大清早，龚全珍当真送来了500元钱，并陪着尹韵娇上街买回了一台缝纫机。

几天以后，在县城的南门地段出现了一个踩缝纫机替人缝缝补补的摊位。也许是个新行业，也许服务态度热情周到，前来这个摊位上光顾生意的人还真不少。来来往往的日子长了，人们都知道这个踩缝纫机的残疾女人叫尹韵娇。几年以后，尹韵娇还荣膺了"萍乡市自强创业模范"的光荣称号。

龚全珍闲着没事时，也经常来到尹韵娇的摊位上，有时两人随便聊聊，顾客多了便帮着打个下手。这天，龚全珍聊完以后正要往回走时，尹韵娇突然从身边掏出5张百元大钞直往龚全珍的口袋里一塞，笑着说："龚校长，这500元钱拖到今天才还你，真不好意思！"

龚全珍急了，慌忙从口袋里又掏出这5张百元大钞扔还缝纫机上，生气道："这钱我说了不用还的。"

尹韵娇也拧上了："不，我有言在先，这是借你的钱，有借有还，再借不难！"

两人又推来推去纠缠了一会，最后，龚全珍拗不过尹韵娇的那股倔强脾气，只好收下了这500元钱。回家后的当天晚上，她翻开自己的日记本，又记下了这么一段文字：

人家常说我帮人，其实我以别人为榜样，自己做得并不好。在帮助别人的过程中，我也受到了教育。比如尹韵娇，我就从她的身上学到了顽强，学到了帮助别人也要考虑对方的尊严。所以我只好收回了她还给我的钱……

自从尹韵娇上街摆摊以后，彭艳峰就带着弟弟一直在龚全珍办的“幸福学习小组”里学习。在这间自习室里，摆满了龚全珍用自己节省下来的钱购买的各个年级各个学科的学习辅导资料和各种各样的课外书籍。休息时，龚全珍又给孩子们开展一些有趣的课外活动。比如，讲故事比赛，才艺表演等，并发给一些小奖品。生活和学习安定下来了，彭艳峰自然对这位慈祥的奶奶更加感恩不尽。

这年冬天，龚全珍在一个严寒的日子里突然发现彭艳峰的双手生冻疮，连握笔写字都困难。于是急忙买来治疗冻疮的药膏涂在彭艳峰的手上。几天后，龚全珍又将自己亲手缝制的一双小手套，戴在这位小女孩的手上，一股暖流迅速传遍了彭艳峰的全身。她想起了课本里读过的那首《游子吟》，便禁不住深情地吟哦起来：“慈母手中线，游子身上衣。临行密密缝，意恐迟迟归。谁言寸草心，报得三春晖。”

吟着，吟着，两行泪水顺着双颊无声地淌落下来。

这时，正好龚全珍从旁边经过，发现彭艳峰突然流泪了，不禁大吃一惊：“孩子，你怎么啦，为什么哭了？”

彭艳峰便一头扑进龚全珍的怀里，颤声喊道：“龚奶奶，从今以后我就叫你奶奶好吗，你比我的亲奶奶还要亲！”

几年以后，在龚全珍的热心扶助下，彭艳峰考上了大学。压在尹韵娇肩上的重担总算减轻了不少，再过上三五年，全家就可望过上正常的生活了。尹韵娇如释重负般地喘了口气，龚全珍也为之暗暗感到高兴。

谁知生活中常有不如意的事。尹韵娇这口气刚刚喘出来不久，一场大难又从天而降。她先是感到身体不舒服，到医院体检，一看化验结果，顿时吓得脸都黄了，化验单上显示尹韵娇得的是白血病。

尹韵娇感到绝望了，这个倔强的女人很快作出了抉择，坚决放弃治疗，避免人财两空，把钱留给女儿读书。

当彭艳峰在电话中听到这一不幸的消息时，悲痛得几乎昏厥过去。妈妈是家中的顶梁柱，妈妈一旦倒下了，意味着这个家也就完了！

龚全珍听到这一不幸消息时，开始也给惊呆了，继而很快镇静下来，不住地安慰彭艳峰："孩子，不必担心，我会尽力帮助你们的，一定要想方设法治好你妈妈的病。"

"奶奶，艳峰没有其他亲人了，唯一的希望就寄托在奶奶身上。为了治好妈妈的病，不管花多少钱，都由我日后来偿还！"彭艳峰在电话那头哭泣着，央求着。

搁下电话后，龚全珍急忙直奔尹韵娇家中。望着躺在床上，脸色苍白的尹韵娇，龚全珍心酸落泪了，她急忙背转身子悄悄地擦干眼泪，鼓励她："韵娇，打起精神来，勇敢地和病魔作斗争。我会不遗余力地支持你！"

尹韵娇无力地摇了摇头："龚校长，我怕是不行了，艳峰和她的弟弟就托付给您了，我会在九泉之下牢记您的大恩大德！"

"胡说八道！"龚全珍生气了，"你是自立自强的伟大母亲，你还要做奶奶，做外婆，怎么能自暴自弃呢？"

尹韵娇凄然一笑："只怕是回天无力了！"

龚全珍安慰道："韵娇，你千万不能悲观失望！应当配合医生积极治疗。我问过医生，这病能治好的。至于钱的问题，我们有这么多的人，一定会为你想办法，你不用操心！"

龚全珍的这番话语无疑给尹韵娇打了针镇静剂，吃了颗定心丸。她的眼神不再充满绝望了，而是放射出了一丝希望之光，从而鼓起了勇气和力量,开始坚强地面对这突如其来的沉重打击。

在龚全珍的一手操办下,尹韵娇很快被送进了湖南湘雅医院治疗。与此同时,龚全珍又在紧张地为尹韵娇筹备医疗费。她先后联系了《萍乡日报》和县电视台,通过新闻媒体向社会求助,呼吁善心人捐款。同时她自己带头捐出了3000元。

就在这时,尹韵娇从医院打回电话来了,哭着说:“不交钱,医院就要停药了,我真不想待下去,我要回家!”

听到这哭声,龚全珍的心里就像刀割一样难受。她只好又跑县残联,跑县民政局,四处呼吁,四处求援。

善款终于陆续凑拢了,其中包括龚全珍的多次捐款。她在自己的日记中写道:“为了救韵娇的命,我不得不把仅有的存款奉献出来了。我想,钱以后还能存,可生命只有一次,救人要紧!”

靠这笔善款,尹韵娇做完了两个疗程的治疗。她担心自己的身体吃不消,又心痛花钱,最后还是提前从医院里赶回了家,靠女儿买回来的药物治疗。期间,龚全珍经常带着自己买的补品专程赶到南岭去看望这位病人。

为了稳定病人的思想情绪,龚全珍几乎每天都要与尹韵娇通个电话,或问询病情,或拉拉家常,尽量不让对方感到寂寞。

与此同时,龚全珍又担心彭艳峰因为母亲的病情而影响学习,便也经常保持与她的联系,随时告诉她母亲好转的情况,以缓解她紧张的心绪。直至有一天,彭艳峰告诉她自己在学习期间,还兼顾给专科学校的学生上课,学生比她大,却称呼她为“老师”,她感到非常高兴和自豪。又因为她的外语成绩特好,所以准备申报参加2008年奥运会做志愿者当翻译。龚全珍听罢心情特别激动,随即又拨通了尹韵娇的电话,告诉了她这一喜讯,并不住地夸赞道:"韵娇,你真好福气,生了这么一个头脑灵活,敢于进取,思维活跃的好孩子,相信她的前途不可限量!"

尹韵娇在电话那头听得喜极而泣,连声道谢:"龚老师,不,龚校长;不,我现在应当改口叫你娘!你不仅对我视作亲生女儿一般,同时对艳峰视作亲生孙女。你老人家对我们母女俩恩重如山,我是无法报答了,只有寄托在艳峰身上,相信她不会忘记您的!"

龚全珍急忙安慰她:"韵娇,你应当安心养病,千万不要胡思乱想,我们现在是一家人,有什么情况可以随时告诉我!"

"娘,我的亲娘……"电话那边传来的是一阵嘤嘤的抽泣声。

龚全珍心情沉痛地放下了话筒,从尹韵娇的不幸遭遇,她突然想到在贫困落后的山区应该还有类似的尹韵娇啊!一种崇高的责任感使她产生了一个念头,能否建议县里成立一个慈善机构,专门救助天灾人祸受难的弱者;同时建议团委组织团员、少先队员成立志愿者,利用节假日参加公共场所的环保行动,各个学校献爱心应成为长期行动,让学生从小培养同情帮助弱者的爱心……

她想了很多很多,以至整整一个晚上失眠了。

尹韵娇的病熬过了又一个冬天,第二年刚开春,龚全珍发现外面虽然天气晴朗,阳光灿烂,但气温仍然很低,便担心病人在外面晒太阳会着凉,于是买了一个新的保暖坐垫准备送过去。谁知就在这时,传来了尹韵娇病危的消息,龚全珍顿时感到万箭穿心。

尹韵娇的病情终于回天无力。临终前,她紧紧握着龚全珍的双手,用微弱的声音断断续续地交代自己的遗嘱:"娘……我的亲娘……您的大恩未报……我下辈子……变牛变马……也要报答……不……下辈子……我还要做您的……女儿……亲生女儿!"

龚全珍老泪纵横，不住地安慰着："韵娇，你要挺住，挺住啊！"

尹韵娇凄然一笑，连连摇头："娘……没希望了……我知道……"说完，又吃力地抬起右手指了指守在旁边的彭艳峰姐弟俩继续艰难地交待着，"黄泉路上无老少……为人难免……这条路……韵娇多活了这两年……全靠娘的关照……我死而无怨……死而无悔……我担心的是……自己撒手人间之后……这两个不懂事的孩子……怎么办？"

龚全珍强忍悲痛，紧紧握住病人的双手，大声安慰着："韵娇，你放心，娘会一如既往地关照这两个孩子！"

尹韵娇听了这话，苍白的脸上终于露出了欣慰的笑容，她太虚弱了，再也说不出一句话来，只是用干涩的目光示意自己的儿女。

彭艳峰和她的弟弟读懂了母亲的目光，双双立即朝着龚全珍面前跪下来，涕泪交加地同时喊："奶奶！奶奶！奶奶……"

尹韵娇终于放心地走了。

就在母亲去世后的第二年，彭艳峰大学毕业了，并在萍乡市实验学校当上了一名英语教师。

当她站在讲台上上完第一节课后，便立即给龚全珍打了一个电话，倾吐了自己的全部心声："奶奶，一直以来，因为和您太亲的缘故，我从未当面对奶奶说过一句感谢的话，我也曾苦于无法表达我对您的感激之情，因为您几乎是无欲无求。买贵的衣服您不需要，买营养品给您也不合适，您生活得太简单了，您只希望看到别人生活得好。今天，我终于找到了一种最好的报答您的方式，就是要像您一样当好一名老师，与人为善，与人为亲，助人为乐，做一个活在别人心里的人。人们常把'老吾老，以及人之老；幼吾幼，以及人之幼'当成一种很高的境界。也常说'爱自己的孩子是人，爱别人的孩子是神'，可见爱别人的孩子并非每个人都能做到,但奶奶做到了,您待我就像待您的亲孙女一样……”

几年后,彭艳峰被评为萍乡市优秀教师。当记者采访她时,彭艳峰再次泪眼婆娑地吐出了自己的心声:“……如果用奶奶的标准衡量,获得这一荣誉,我觉得自己做得还不够,还差得很远很远。但是,我想说,奶奶在帮助我的同时,传递给我的精神力量,是让我不断鼓足勇气努力前行的动力。我要用心传递这种精神力量,传递给我的孩子们,传递给社会上的每一个人,要永远传递下去!”

24

高步岭上祭英灵

数年来，龚全珍一直是坚持这样做的，默默无闻，直至萍（乡）莲（花）公路改了道，再也不经过高步岭了，龚全珍才无奈中断了这个清明祭奠活动。但她的心中永远记着晏军生这光辉的名字，永远牢记着他的英雄事迹。

是啊，我们现在这个时代真需要更多的雷锋和晏军生啊！

清明时节。

温馨的南风，又吹绿了高步岭上的树木芳草。群山寥廓，碧空如洗。一阵阵扑面而来的新鲜空气吸入肺腑，令人心旷神怡。

一辆从莲花驶往萍乡的班车，沿着这条九曲十八弯的公路艰难地朝上行驶着，马达轰鸣，喷出灼人的热气；喇叭声声，提醒迎面驶来的车辆行人小心。

好不容易爬上了半山坡，班车就像一头耕了十亩地的老牛似的，吭哧吭哧地直喘气。等车停稳了，从车上下来了一位满头银丝的老太太，手里拎着一个包，步履蹒跚地朝着距离路边几米远的晏军生烈士墓碑的方向走去。她就是龚全珍。司机从窗口探出半个身子大声招呼道："龚老师，要不要停车等您？"

龚全珍回头招了招手，答道："谢谢，不用等我了，忙完以后我会在路边等下趟班车，别耽误其他旅客的时间了！”

司机只得按了声喇叭，班车重新启动了。车上的旅客们便纷纷交头接耳地议论起来了——

“这不是甘祖昌将军的夫人吗？她这么大年纪上高步岭来干啥？？”

司机回答：“给晏军生烈士扫墓来了。”

“龚老师与这晏军生有亲？”

“非亲！”

“有故？”

“非故！”

“非亲非故为何扫墓来了？”

“因为晏军生是舍己救人的烈士！”

……

乘客们猜测纷纷，可谁也找不出一个确切答案。只见这位年轻的驾驶员又挺神秘地吐出了一声：“老人家给晏军生烈士扫墓可不是一次两次，而是年年都会来的。”

“哇！”乘客们都觉得不可思议了，一个个陷入了深深的思索之中……

要揭开这个“谜”，还得让我们打开记忆的大门，重新回到1992年2月1日，这天发生在这高步岭半山腰间的，是一个惊天地、泣鬼神，震撼人心的英雄故事！

这天上午9点钟左右，一辆从莲花驶往萍乡的班车刚刚行驶到这里，车上两个凶神恶煞似的乘客突然发出狼嚎似的呼叫“停车”声，司机晏军生便及时踩住了刹车，这两人迫不及待地跳下车，神色仓皇地朝路边的树林里疾步蹿去。就在这时，只听得有位乘客尖叫一声：“不好，车上有炸药!”随即,一股刺鼻的硝烟味很快弥漫了整个车厢。

军人出身的晏军生虽然见状感到震惊,但他临危不乱,以最快的速度打开车门,招呼乘客火速下车。待乘客们全部撤离以后,晏军生发现那个用蛇皮袋子装着的炸药包还在滋滋滋地冒着白烟,为了保护班车,便奋不顾身地扑上前去,将炸药包抱在怀里,从容跑下车,准备扔下路边的万丈深渊。谁知就在这当儿,只听得“轰隆”一声巨响,班车虽然保住了,但烈士的身躯倒在了血泊中……

蓝天白云为烈士默哀,山间溪泉为烈士呜咽。

为了纪念这位舍已救人的英雄,人们就在晏军生烈士牺牲的地方,竖起了一块高大的墓碑,上面镌刻:晏军生烈士永垂不朽!

龚全珍从外地出差归来之后,才听到这位英雄的壮举,顿时感动万分,在家里再也坐不住了,立即脚步匆匆地赶到306车队,要求会见晏军生烈士的妻子。车队的负责同志告诉她,晏军生的妻子原在县医院工作,现在承蒙上级关照,已经调到萍乡市公路局去了。

龚全珍遗憾地离开了那里,又直奔县委、县政府大院,找到了有关领导,建议对晏军生烈士的英雄事迹要大张旗鼓宣传,不能搞当时轰轰烈烈,过后无声无息。领导们都表了态,她才满意地离开了。

晏军生烈士的纪念碑屹立在高步岭的半山腰,即他牺牲的地方。纪念碑落成以后,龚全珍便决定要亲自上山来祭奠、瞻仰这位英雄。于是在这个清明时节她带上几个新鲜水果作祭品,登上了开往萍乡的班车,在半山腰下了车,来到晏军生的碑前,摆上水果,认真地鞠了三躬,神情肃穆,毕恭毕敬地站在碑前,嘴里轻轻地默念着:“晏军生烈士,你的英雄事迹惊天地,泣鬼神。你不仅是全省公交战线上的一面光辉旗帜,更是我们每一个共产党员学习的楷模!你虽然离开这个世界太早了点,还只有30多岁，但你的光辉形象永驻人间，永远活在我们心中，成为鼓舞和鞭策我们前进道路上的动力！安息吧，晏军生烈士！”

龚全珍就这样轻轻地念叨着，双眼饱含热泪，模糊中，只觉得眼前这块伟大的丰碑越升越高，越变越大，巍然如泰山一般，矗立在人间，光芒四射！

祭奠、瞻仰完毕以后，龚全珍才缓缓地挪开步子，回到马路边，等着从萍乡驶往莲花方向的班车，招手上车，赶回县城。数年来，龚全珍一直是坚持这样做的，默默无闻，直至萍（乡）莲（花）公路改了道，再也不经过高步岭了，龚全珍才无奈中断了这个清明祭奠活动。但她的心中永远记着晏军生这光辉的名字，永远牢记着他的英雄事迹。

有一次，正值龚全珍从高步岭上祭奠、瞻仰晏军生烈士归来，在车上听到乘客们议论纷纷，说是莲花中学有一群学生在某水库上玩耍，看见水库边上停着一只破船，便争先恐后地跳上去玩耍，结果破船翻了，这几个学生全落水了，其中两个不会水的沉进水库深处去了。逃上岸的几个急忙找到水库管理人员，跪着向他们央求救援，然而对方无动于衷，眼睁睁瞧着这两条鲜活的生命消失在水库里……

龚全珍听完这一新闻后，既难过，又悲哀，更愤怒！

这位平日涵养极好的老人实在无法忍耐了，终于气得拍案而起，首先直奔关工委，询问这桩事情的来龙去脉。关工委的一位领导同志告诉她，莲花中学明天要召开座谈会，就此事追究有关方面的责任。

“那明天我一定要参加！”龚全珍气愤不平地说。

“我们关工委当然要介入调查！”这位领导点头同意了。

第二天，莲花中学的领导就此事召开了部分师生座谈会，要求大家汲取教训，防止日后类似不幸事件再次发生。

会议快要结束时，龚全珍发了言，她认为这个座谈会开得及时，亡羊补牢，为时未晚。但现在还有一个问题，就是听说学生被淹时，水库上有人见死不救，但也有下水救人，我们应当做个调查。对勇于救人的要进行表彰，对见死不救的要进行批评、处罚。

龚全珍的提议得到了与会者的一致赞同。

当天晚上，龚全珍躺在床上又辗转难眠了，她一直还在愤愤不平地思索着这个问题，直至今天为什么救人的"雷锋"得不到表彰，同时见死不救的人也不会受到谴责和惩罚？好歹不分，善恶不明，这社会风气怎么啦？

这样想着想着，不知什么时候迷糊过去了。等她醒过来时，才发现天已大亮。于是赶紧起了床，匆匆漱洗完毕，上街买了两个馒头当早餐，然后又朝莲花中学走去。找到了学校的负责人，龚全珍开门见山地提到了这件事。校领导答复说，他们就此事已做了调查，调查认为水库管理方负有一定的责任，首先不应当将这破船放在水库边上，特别是事发后，孩子们跪在他们面前求他们救人，他们无动于衷，不去救人，这样的行为应当受到谴责！

龚全珍得知校方有了结论，终于一块石头落了地。然后又要求学校领导派个人带路，她要亲自去两个遇难学生家慰问，每家给个三百元钱表示慰问。

等把这一切办妥以后，龚全珍才拖着疲倦的身子回家。孩子们都笑着问她："妈妈，又去学雷锋，学晏军生了？"

龚全珍叹了口气："是啊，我们现在这个时代真需要更多的雷锋和晏军生啊！"

25

天佑善人萍水河

我不知道我还能活几年，我只知道要珍惜生命的每一天。要笑对生活，笑对每一个人，多为社会，多为别人做点有益的事。虽然我的力量是多么小，多么微弱，但我要尽力而为。

老百姓的思想感情是朴素的，他们都认为，这是由于龚全珍平日有颗金子般的心，经常扶危济困，所以，天佑善人！

这是一个惊心动魄的故事。

也是龚全珍有生之年遭遇的一次重大险情。

时光倒流到1999年10月6日下午3点左右。一辆破旧的班车从萍乡驶出，沿途颠簸着朝莲花方向驶去。这辆班车也许行驶的年代太久了，也许没有保养好，抑或二者兼有之，反正发动后就不太正常。一路上吭哧吭哧，像老牛拉破车似的，直喘粗气。

车厢里面坐着20多位乘客，大都是莲花人。其中靠中间部位窗户边上的座位上端坐着一位神态安详的白发女人，不少乘客都认识她叫龚老师，也称龚校长，就是不知道她叫龚全珍。

龚全珍这次刚从南昌参加一个会议后回莲花。市公安局的一位领导是她的学生，一再要用公车送她回莲花，龚全珍婉言谢绝了，她坚持坐公交车："班车坐惯了，不碍事；坐小车反倒不舒服，难适应。"

上车以后，龚全珍便又沉浸在一连串的琐事思考中，以致好几位认识她的乘客向她打招呼时，她都未曾注意到。脑海里浮现的是近期要做的事：琴亭小学学生李龙英的妈妈刘义妹患了肺结核，必须给她联系医院治疗；关工委和教育局联合表彰莲花中学学生救人的会议最后还要落实；琴水小学“献爱心”的活动如何开展，等等，点点滴滴等着她去做……

直至车子发动以后，由于车身剧烈颠簸的缘故，才把龚全珍从沉思中回过神来。她稳定了思绪之后，突然觉察到这辆班车似乎车况并不好，发动机的马达也有点异常，心中便无端产生了一种不安全感。

班车驶出10多里路后，途经五陂镇时，正要开始爬坡，突然车头失去了控制，竟向路旁的萍水河冲去。龚全珍本能地惊呼一声：“糟糕！”便双手紧紧抱住自己的头，闭上了双眼……

就在这眨眼之间，触目惊心的险情发生了。

班车的前轮腾空，整个车身掉进了10米多深的萍水河中，其坠落溅起的水柱有两丈多高！

路边的行人目睹这惊心动魄的一幕，无不吓得脸色大变，惊呼着从四面八方跳下河去救人。

谢天谢地！幸亏没有侧翻，而且时值枯水季节，河里的水只有没膝盖深，众人这才松了口气估计问题不大。

然而，短暂的平静之后，车厢随即传出了惊慌失措的尖叫声、痛苦的呻吟声、哭哭啼啼的呼唤声……

不知是谁喊了声：“赶快救人！”众人于是呼应着，一拥而上，打开了车门，开始朝外拉人，抢救伤者……

被救上岸来的乘客中，有的伤了胳膊，有的断了腿，有的磕到了牙齿满嘴是血……现场一片狼藉，十分混乱……

龚全珍是自己从车里爬出来的，浑身淌着水，裤子上沾满了泥沙。她试着从地上撑起身子，还好能够站立独行。她便朝河岸方向走去，脚步踉跄，趺趺撞撞。这时从上面冲下一个中年人急忙搀住了她，帮助她爬上了河岸。

不一会，由远而近地传来一阵“呜呜呜”的急促警报声，很快出现了两辆救护车。龚全珍长长地喘了口气，和其他受伤的乘客一道安排上了救护车，很快被送进了萍乡市第二人民医院，逐个检查伤势情况。

龚全珍经过全面检查，医生告诉她，软组织挫伤严重。她全身许多地方青一块紫一块，躺在床上不能动弹。好在没有伤及骨头。龚全珍怕影响别人，咬紧牙关，忍着疼痛，没有吭一声。不认识她的医护人员无不感到惊讶，背地里议论纷纷——“这个老太太还真是硬朗，伤得这么厉害，还那么顽强。”

“可不，换了一般老太太早就吓傻了，肯定叫苦不迭的！”

……

医护人员正在叽叽喳喳地议论时，突然，从门外进来一批人直奔龚全珍住的6号病床。有人认出走在前面的是萍乡市市长和市民政局局长、老干局局长、交通局局长等官员。医护人员便全惊呆了，原来这老太太不是一般人物啊，怪不得那么有气质！可她老人家为啥不坐小车而坐上了这种倒霉的班车呢？于是便尾随着跟上前去看个究竟。

只见市长和局长们一进6号病房便亲热地喊开了：“龚老，您受惊了！身体没什么大碍吧？”

龚全珍摆摆手，微微一笑：“托各位领导的福，有惊无险，没什么大问题！谢谢各位领导关心！”

市长幽默地笑了:“龚老洪福齐天,逢凶化吉,遇难呈祥!”

龚全珍笑了:“谢谢! 谢谢!”

市长叮嘱院长,对龚全珍要特别看护,仔细观察,决不能掉以轻心。院长满口应承。

至此,医护人员才弄清楚这老太太原来就是将军农民甘祖昌的夫人龚全珍,于是一个个顿生敬意。有的借口查房特意溜进6号病房与龚全珍闲聊开了。

晚上,莲花县委胡副书记来看龚全珍。胡副书记一进6号病房,便满怀歉意地喊道:“龚老,我们来迟了,来迟了,真对不起啊!”

龚全珍微微点头回应:“我这不是好好的吗,怎么又惊动你们连夜赶来了?”

胡副书记仔细地看了龚全珍两眼,问了医护人员伤情,这才放下心来,笑着说:“听说您乘坐的班车出事了,还真把我们吓坏了! 谢天谢地,逢凶化吉了,幸甚,幸甚! 龚老啊,您没出大事真是全县人民的福气!”

龚全珍听完这话,顿时激动得连声道谢:“惭愧啊,惭愧!”

胡副书记握住龚全珍的手:“好好养伤,早日康复!”

后来,龚全珍在日记中写道:

你没出大事真是全县人民的福气! 这句话让我感到羞愧。我为县里做的事太少太少。今后为体现生命的价值和报答人民对我的关怀,只有多做好事,为人民奉献爱心。我想这次车祸利多弊小。我仿佛更感到生活的美好。朋友们对我关心热爱,孩子们对我友好关爱。我不知道我还能活几年,我只知道要珍惜生命的每一天。要笑对生活,笑对每一个人,多为社会,多为别人做点有益的事。虽然我的力量是多么小,多么微弱，但我要尽力而为。

龚全珍遭遇车祸的新闻在城乡受到广泛关注。老百姓的思想感情是朴素的，他们都认为，这是由于龚全珍平日有颗金子般的心，经常扶危济困，所以天佑善人！

26

一份低保见深情

老赵望着胸前的这证、这钱，心中似乎逐渐明白过来了，剩下的那只原本黯淡无光的眼睛突然大放异彩，嘴唇翕动着，从嘴里含含糊糊地吐出了一句话。

龚全珍认识赵阿姨还是2002年12月间的事了。

那天午后，天还在下着雨，她撑着一把雨伞去找关工委的老贺。半路上，突然发现一位八九十岁的老太婆正佝偻着身子在路边的垃圾桶里面翻垃圾，她的心不由缩紧了，这是谁家的老人，这么大年纪还在路边拾垃圾？来到老贺家谈起这件事，老贺告诉她这老人姓赵，今年80多岁了，人家都称呼她老赵，就住在保育院对面三间屋里。

龚全珍顿觉心头一沉，思忖道，多可怜啊，怎么就没人管呢？

第二天，龚全珍约了一位人称钱奶奶的老人，一起去看望这位老赵。这天天气很冷，两人进屋一瞧，发现进门就是厨房。一个火炉做饭，老赵坐在另一个小火炉边偎火睡着了。听见她们俩说话声，老赵才醒了。她耳朵聋得厉害，但头脑还是清醒。龚全珍和她很费力地交谈了几句，然后进到另两间屋里，一间是卧室，显得凌乱不堪，而另一间则堆满了她捡的垃圾，发出熏人的异味。一个邻居过来向龚全珍介绍说，老赵虽然高龄了，但很勤快，上个月捡的纸卖了400多元，给了女儿200元，自己留下一半做生活费。

龚全珍便惊奇地问道:“她的女儿是干什么的?”

钱奶奶说:“也是一个60多岁的老人,人家看见她母亲这么大年纪还在拾垃圾便批评她不关心老人,她还说:‘我又没要她拾垃圾,你们也别管这闲事’。”

龚全珍一听,生气了:“怎么这样?”

说曹操,曹操到。话音刚落,只见一位穿着咖啡色棉衣,脚下一双黑皮鞋老女人进屋来了。

钱奶奶附着龚全珍的耳畔悄悄道:“她就是老赵的女儿。”

龚全珍与老赵的女儿搭上话后,便开门见山地说:“小赵,自古道,养儿防老,积谷防饥。你老娘都80多岁了,你们该尽赡养的义务啊!”

老赵女儿无奈一笑:“我没能力养活她。我也60多岁了,男人死了,靠儿女们打工赚点钱寄回来维持生活。”

龚全珍只好说:“既然你没能力赡养她,她自己也无力养活自己,我帮她写个报告请求民政局批准她进幸福院,行么?”

老赵女儿还是冷笑:“她不会去的,她愿意拾垃圾。”

龚全珍又给堵住了,心中极不痛快,觉得这问题很复杂。她想让老赵当众表个态,可老赵太聋了,双方交流太困难。龚全珍只得叹了口气,和钱奶奶离开了老赵家。

从此,老赵的困境几乎成了龚全珍的一块心病。只要想起这位可怜的老人,她便吃不好,睡不着。为此,她走访了民政局的老局长。老局长的意思是,公家只能给点日用品、食物水果表示关心,精神安慰,别的恐怕再没办法帮助了。

龚全珍连连摇头:“不行,不行,应当从长远解决问题。”

半个月以后，龚全珍买了一斤排骨送到老赵家。进门一瞧，火炉熄了，老赵正在捣火，她的女儿却坐在旁边无动于衷。龚全珍便批评了她几句，她竟然又顶撞起来。龚全珍没办法，只好把排骨倒进桌上的一只碗里。老赵站起来道谢，龚全珍趁机摸了下她的旧棉衣，发现很硬很硬，无疑不能保暖了，便思忖给她换件棉衣。

次年开春以后，龚全珍去了幸福院。这天抽空又去了老赵家，发现老赵的一只眼睛已经凹进去了，几乎失明，人也似乎更老了。龚全珍不忍心，便给了她一点钱，以示关心。老赵什么感激的话也没说，仿佛失去了意识。

“可怜啊！可怜！”以后，每逢龚全珍和别人提起这位老赵便要发出一声沉重的叹息，一种强烈的责任感促使她继续四处活动。尽管自己隔三差五地给老赵送点零钱，但杯水车薪，无济于事。要真正解决这一难题，还得求助于民政局。于是她便亲自写了份《汇报老赵的困难情况，要求民政局给予补助》的报告，面交了民政局局长，恳请该局长尽快解决。然而，由于种种原因，这份报告一直石沉大海，不见批复。

挨到第二年的元旦过后，龚全珍将这桩牵肠挂肚的事又翻了出来。这回她改变了方法，直接找到县信访办。信访办与民政局沟通后，对方一位胡主任随同龚全珍去了老赵家调查情况。谁知老赵越聋越厉害，听话十分费劲。老胡有点不耐烦了，便向她要身份证和户口本。比划了大半天，她才听懂了，回答说这两件东西全让她女儿拿走了。

问话无法进行下去了。两人只得怏怏而归。

次日，龚全珍找到老赵家旁边的邻居左打听右打听，最后才打听到老赵女儿的住处，找到了老赵的女儿。龚全珍便向她说明了来意，让其带上户口本和身份证去民政局。谁知老赵女儿一听就直摇头，连声回应说，难办，难办！我试过好几次了。临走，反倒将了龚全珍一军："你要是面子大，不妨一试！"

龚全珍有点气，但一想到老赵那副可怜兮兮的样子，她的心便又软了，只好委屈地接过这两件东西，气鼓鼓地回应道："我倒要试试看！"

按照老胡的叮嘱，龚全珍带着这两件东西首先直奔琴亭镇劳动保障中心，首先找到了一位邓主任。邓主任便带着一个办事员同志随同龚全珍直奔老赵家。邓主任问了老赵的一些情况，看了下她这寒酸的家，当场给老赵定为"孤寡老人"……

龚全珍一听眉开眼笑了，看来这事十有八九会成功的。她高兴地连声夸奖邓主任办事认真，没有架子，是个全心全意为人民服务的好干部，夸得这位邓主任心里热乎乎的。

一个星期以后，龚全珍接到在九江市工作的二女儿的电话，要她火速赶过去，有急事。龚全珍临走的前一天，又记挂着替老赵申请低保的事，委实放心不下。于是，第二天早饭过后又来到民政局，一口气爬上了5楼，打听老赵的低保是否批下来了？有位主任告诉她已经批了，但必须来个人办委托手续。因为老赵已经92岁了，自己不能来领钱，要有个代理人。

找谁代理呢？这又是一桩复杂麻烦事。龚全珍想到车票已经买好，明天就要去九江。这事要及时办好，不能再拖。

从民政局回来之后，龚全珍急忙找到自己的好朋友美慧，把情况说明后，便恳切地要求她出面代办，美慧爽快地答应。

龚全珍在九江女儿家只住了一个星期，心里总是记挂着这桩事，硬是不顾女儿的劝阻，又匆匆忙忙地赶回了家。

一进门，她便给美慧打电话，开口便问，老赵的事办得如何？美慧兴奋地告诉她，低保已经办妥了，明天可以领证。只是老赵病重回乡下的老家去了。最后建议，明天两个人能否一块去社保处多领点钱，一块去乡下慰问老赵？

龚全珍沉吟片刻，答复道，我们明天去城厢中学找到老赵的外孙女再说吧。

第二天，龚全珍和美慧来到城厢中学，找到了老赵的外孙女贺老师，说明了来意。

贺老师心情沉痛地说："我外婆现在的健康状况越来越糟糕了，经常昏睡不醒，但有时候头脑清醒，有时候糊涂，看样子过不久了。感谢你们为她办理了低保。"

龚全珍听完后心里感到十分难过，便对美慧说道："我们这就去办理低保证，并代领这个月的低保钱赶快送去，应当让她在离开这个世界之前，享受到党和政府的温暖！"

美慧连连点头："大姐说得对，要不，您过去做的工作岂不白费了！"

当龚全珍在办证大厅接过老赵的低保证时，不由无限感慨，想不到为这可怜的高龄老人办理这份低保证，竟然前后耗费了自己两年的时间！而今低保证办妥了，可老赵却又病危了，她能够享受多久呢？

从低保处的窗口里取出了老赵一次性的 4 个月低保费 640 元钱后，龚全珍便和美慧直奔老赵乡下的家。

两人见到老赵时，老赵已经躺在床上。她的脸已经变形，全身僵硬，目光呆滞。她的女儿扶她坐起来时，她还是没有半点反应。

龚全珍喉咙一软，几乎是哭着喊了起来："老赵，我们替你把低保办好了……"她说不下去了，双手递上了那个低保证。老赵的女儿说了声："谢谢！"替她接过来，放在她胸前。

美慧随着又把那叠钱递过去，解释道：“老赵，这是民政局一次性发放的4个月的低保费，总共640元！”

老赵的女儿于是又感激万分地说了声：“谢谢！”接过去又放在娘的胸前。

老赵望着胸前的这证、这钱，心中似乎逐渐明白过来了，剩下的那只原本黯淡无光的眼睛突然大放异彩，嘴唇翕动着，从嘴里含含糊糊地吐出了一句话。

龚全珍和美慧都没听清楚，老赵的女儿便替她翻译道：“我娘说，感谢共产党，感谢人民政府，感谢你们这些热心肠的好人！”

27
小巷深处公益心

这样吧，我们订个口头协议，你们出人工，我出资金，大家齐心协力将这个巷内的环境卫生治理好，行么？

我们图啥？不图啥！人民用小车推出了新中国，给了我们崇高的荣誉，我们没有理由不为群众谋幸福。只要还能动，还能讲，我就要为社会做一点事。我是一名老兵，要永葆党员本色，永不掉队！

巷子里的排水沟被堵塞了，污水四溢，满了路面，而且发出一股难闻的异味。巷子内进进出出的人从这段路经过，不仅要捂着鼻子，还要小心翼翼地绕开有污水的地方行走。于是路人议论纷纷，怨声载道。附近群众寄希望环保部门出面解决，可群龙无首，没有谁出面联系。于是，有人便想起了龚全珍。

“对，这老人有能耐，又有侠义心肠，能主持公道，只要她知道了这事，肯定会出面帮忙的！”有人拍掌赞成。

“白天做梦，想得美。人家没好处，凭啥管这闲事？”有人提出了疑问。

议论来，议论去，最后还是选择了大多数人的意见，找这位将军夫人帮忙。就凭甘祖昌这块金招牌，环保部门也要买账。

于是，众人推出两位代表，找到刚从外地出差归来的龚全珍一谈，想不到老人家满口答应了。

翌日，吃过早饭，龚全珍便带着两位代表直奔环保局。局长不在家，她们就向下面的工作人员反映了下水道污水外泄污染周围环境的事。一位科长便从公文夹里抽出一纸公文，向他们晃了晃，解释说，我们环保局只管企业集体排污的事，不管街道巷子。龚全珍和这两名代表面面相觑，就像张飞穿针——大眼瞪小眼。既然人家有明文规定，你还有什么办法，只好起身走人。回来后，大伙一听全泄气了。龚全珍在桌上拍了一掌："公家不管我们自己管！咱们集资解决这一难题！"

"集资？"有人一听这两个字就头痛了，"七户人家八个姓，有的愿意出，有的吝啬，怎么扯得平？"

龚全珍便从自己身上掏出一百元钱放在桌上："就从我集起，行吧？"

有人便鼓掌："龚老不是受益者，还自愿捐款，难道受益者还要讨价还价吗？"

龚全珍随即当机立断，成立了一个集资小组，开始行动。

有人提议，应当先去找找那位堵塞污水出口的房主陈君谈谈，打开了这个缺口就好了。

龚全珍获悉自己的好朋友美慧与这位陈君有点亲戚关系，便约了她一道去做思想工作。双方一见面，龚全珍就表扬陈君关心环保，主动挖坑使污水注入地下，值得众人学习。接着又指出，长久之计是使污水注入地下排水管道内，否则还是要污染地面。所以我们正在讨论集资解决这个难题。

通情达理的陈君当即表态："如果集资，我们三户人家每家出100元，怎么样？"

龚全珍一瞧这个疙瘩解开了，心中暗暗高兴。于是便和陈君一起做了个初步的预算，挖掘这条排水沟大约只需800元左右。龚全珍高兴极了，又当场表态："这样吧，我们订个口头协议，你们出人工，我出资金，大家齐心协力将这个巷内的环境卫生治理好，行么?"

美慧笑着说："您又不是受益者，干吗全包了?"

陈君也连连摇头："使不得，使不得！传出去还真惹人笑话我们了，还是集资吧！"

美慧最后来了个折中："不足部分就由龚老垫吧！"

几个人就这样把整治巷内污水的事敲定了。

巷内人的思想问题统一了，但在具体实施方案时却又碰上了许多困难。

有人提议，在巷子内的中间挖沟通向粪池。

这一方案很快给否决了。因为污水比粪水还要低3尺左右，如何能排进粪池去?

有人又提出，清理水沟，挖出淤泥，然后用水泥板密封，杂物不会再入内，排污也就没问题了。即使万一堵塞了，也可以掀开水泥板疏通。

谁知这方案刚提出，便有人反对，说是权宜之策。

有人又提出，加深加宽排水沟。可这得耗资近万元，众人通不过。

怎么办？人多嘴杂，叫花子烧香，各持一端。龚全珍还真感到头痛，美慧附着她的耳畔开导道："赶快打退堂鼓吧！您这是捉虱子沿脑壳，自找麻烦！"

龚全珍生气了，批评道："你这是扰乱军心，在前线就得军法从事。我龚全珍管了的闲事就要管到底，开弓没有回头箭！就是倾家荡产，我也要协助他们将这巷内的环境卫生整治好，每个人都应当要有这种公益心!”

美慧不好意思了:“大姐,就算我白说了!”

龚全珍又好气又好笑地纠正:“不是白说了,而是说错了!”

美慧嘟起了嘴巴:“给你赔礼道歉,行吧?”

龚全珍笑了:“这还差不多!”

围绕这排水沟的问题,大伙商量来,讨论去,最后只好定下这么一个方案:自己搞好首尾的下水道,各家各户自行负责门前盖的污水沟,然后再统一封闭。这样既可以省了许多麻烦,又解决了出力和出资的矛盾。

龚全珍一瞧大伙表态同意了,这才如释重负般地松了口气。

各家各户都开始行动起来了,龚全珍每天都要向好友美慧打上几个电话,询问整治环境的进度如何。美慧每天带给她的都是好消息。龚全珍听了,就好像大热天里喝凉水,心里舒服极了。

所有的地段竣工以后,龚全珍便和美慧、陈君等人结清了封沟的账目,还少了点钱,龚全珍又垫上了。这时美慧告诉龚全珍:“大姐,楼上那个带着3个孩子的女人也捐了5元钱。听说这女人还真可怜,生活过得很艰难,我真不忍心收她的钱。”

龚全珍随即吩咐道:“人家有这份心意就不错嘛,钱还是退给她吧!”

龚全珍还以为大功告成了,谁知陈君又提出了一个问题:“龚老,这工程还没有彻底完成哩!”

龚全珍不由一愣:“还有什么地段没完成?”

“还剩下首尾两段路面没有衔接好。”陈君摊着双手解释道。

“怎么还要留个尾巴呢?”龚全珍有点恼火了。

陈君苦笑道:“刚才结算没剩一分钱了,就剩了点水泥和沙、石子,师傅的工钱可还没着落哩!”

龚全珍心想，好事要做就必须做到底，不就差几十块钱吗？便满口应承道："师傅的工钱我包了，尽量将扫尾的地方搞好，不要搞得虎头蛇尾，惹人笑话！"

陈君有点过意不去："龚老，你本身没受益出了一次钱，这会扫尾又垫钱，还真不好意思啰。这样吧，我向你学习，也再出 20 块钱吧！"

龚全珍感到高兴了："是啊。世界上的钱，世界上用，总不能带进棺材里去。为群众多办点实事，好钢用在刀刃上，也算是积善积德吧！何乐而不为呢？"

有人接住她的话头问道："龚老，您这么大年纪了，不在家安度晚年，整天忙这忙那，究竟图个啥？"

龚全珍呵呵笑了："十几年来，每次从睡梦中醒来，我都会听见老甘临终前说的那句话：'下次领工资，再买化肥，送给贫困户。'我们图啥？不图啥！人民用小车推出了新中国，给了我们崇高的荣誉，我们没有理由不为群众谋幸福。只要还能动，还能讲，我就要为社会做一点事。我是一名老兵，要永葆党员本色，永不掉队！"

这番话语掷地作金石之声，在场的人听了无不为之动容，无不肃然起敬！

28

防微杜渐有绝招

他们心知肚明，这是人们广泛流传的有关龚全珍不坐小车，不吃公饭的借口。不，也是“绝招”。

昨天晚上看电视睡得太晚了，今天早晨龚全珍醒来睁眼一瞧快8点了，喊了声：“糟糕！”便风风火火地忙开了。洗漱完毕，匆匆又翻寻有关资料装进挎包，然后蹬蹬蹬地扶着楼梯下楼去了。

女儿公荣在后头追着喊：“妈，您今天到什么地方去，怎么走得这样急？”

龚全珍边走边回答：“人家三板桥乡政府前天便与我约好，今天去给他们上党课，讲革命传统故事。这会都快8点钟了，我还在家里。得赶快去乘班车，免得让人家久等。”

公荣便又提醒她：“老习惯，小摊上解决问题，两个包子足够了，顺便再带上两个做午餐。”

半个小时以后，楼下有人直着嗓子喊：“龚校长！龚校长！”

公荣一边答应着，一边飞快地跑下楼去开门。一瞧，门口停着一辆小轿车。年轻的驾驶员跳下车来自报家门：“我是三板桥乡政府的，受领导之托，特意来接龚校长去讲课的。”

公荣不无歉意地说：“我妈去了半个小时了！”

驾驶员内疚地问:“她是坐什么车子去的?”

“坐班车!老习惯了。”公荣说。

驾驶员不解:“昨天电话里不是与龚校长说好了,今天早晨有车子来接她吗?”

公荣笑了笑:“我妈坐小车不习惯。”

驾驶员叹了口气:“只怪我来迟了!”便调转车头往回走了。

这时,龚全珍乘坐的小班车已经快到了三板桥了,司机认得她,上车时他便惊讶地问:“龚老,您老人家今天怎么坐上我这小班车了?是来车上考察民情的吧?”

龚全珍笑了:“去你们乡政府上党课。”

旁边有人随即插上了话来:“什么?乡政府请您上党课,怎么不派小车来接您,真不会做事!”

龚全珍瞅了那人一眼,批评道:“同志,你这是小题大做了,人家派了车子来接就是看得起我么?”

那人“嘿嘿”笑了:“那是当然的。更何况您是将军夫人!”

龚全珍摇了摇头:“实话告诉你,我可从来没有坐小车的习惯!”

那人便背过身去,从嘴里轻轻地吐了一句:“谁信!”

龚全珍进三板桥乡政府时,乡党委书记和乡长正在大门口翘首以待,一见龚全珍从班车上下来,便双双迎上去,一把搀住她,惊讶地问道:“龚老,我们不是派了车去您家接您了吗?”

龚全珍不由一愣,批评道:“我昨天不是在电话里交代你们别派车吗?我坐小车不习惯,会头疼,宁愿坐班车。可你们总是太热情了!”

说话间,那辆接她的小车驶进了大院里,驾驶员探出头来喊道:“龚校长,我到您家里扑了个空,想不到您比我还早,真对不起啊!”

龚全珍便朝书记、乡长笑了笑:“瞧,又浪费公家的汽油了!”

书记和乡长相视苦笑,搀着龚全珍朝会场走去。

龚全珍是老师出身,一进课堂便全身心地投入,讲得栩栩如生,兴致盎然,下面的人听得津津有味,聚精会神。不知不觉,两个小时过去了,正好是午饭时辰。

食堂用膳的钟声响起,众人倾巢而出,直奔食堂。

龚全珍和书记、乡长待在最后,等众人散尽后,她便吩咐书记、乡长:“你们也得吃饭去吧!”

书记、乡长笑盈盈地回答:“我们与龚老一块去食堂吃个便餐。”

龚全珍摇摇头:“我可不习惯在食堂吃饭,自己带了干粮!”边说便用手指了指自己的挎包。

“不行!”书记和乡长急了,几乎是用央求的口气说,“今天说什么也得请龚老赏个脸,与我们共进午餐。”

这么一说,龚全珍便有点左右为难,思忖片刻,终于点头了:“行,今天我们就三个人共进午餐。不过,话还得说在前头,我还是吃我带来的午餐。”

“为什么?”书记和乡长几乎同时发问道。

龚全珍便笑着解释道:“因为我牙痛,而且肠胃也不太好,所以只能吃带的东西。”

书记和乡长又互相对视了一眼,脸上露出了无可奈何的神色。他们心知肚明,这是人们广泛流传的有关龚全珍不坐小车,不吃公饭的借口。不,也是“绝招”。

用过午餐后,龚全珍便说要去门口等路过的班车。书记和乡长劝道:“天气这么热,温度这么高,我们陪你先去房间凉快凉快,等太阳西斜了再回去也不迟啊。”

“不了,家里还有好多事要办,我不能耽搁了,我这就动身!”龚全珍就像家里着了火,非要马上赶回去不可。

书记只好点点头:“龚老,那就不勉强您了,恭敬不如从命!”

乡长一旁走过来喊道:“龚老,你等一等,我们乡的女宣传委员要去县城开会,你们正好一路同行。”

龚全珍不由一愣:“真的?”

那位年轻的宣传委员便笑盈盈地走近她的身边,一把搀住她,像小鸟依人般地笑着:“龚老,与您同行,三生有幸啊!”

龚全珍这才笑了:“那就劳驾你们。搭个顺风车!”

当这辆黑色的小轿车驶出乡政府大门以后,在场的乡干部便“哗”地一声大笑起来。乡长便问他们:“你们笑什么?”

年轻的办公室主任笑着揭开了这个谜:“大家笑你们书记、乡长共同设局,将龚老哄上了小车。宣传委员保驾护航!”

书记抿嘴一笑,双手一摊,解释道:“有什么办法呢?这么高的气温,这么大的太阳,龚老坚持要坐班车,万一半途上有什么闪失,我们可担当不起啊,又怎么向全县人民交代?”

乡长也说:“只有将龚老平平安安送到家,我们才能够放下心来。”

“说得对,我们将龚老请过来了,就应当对她负责!”乡干部纷纷点头,表示赞同。

宣传委员将龚全珍送到家门口,与她告别,依依不舍地走了。

龚全珍掏出钥匙开门,便听得背后有个女人的声音:“伯母!伯母!”

龚全珍扭头看了半天,不认得对方,便有点茫然,是不是认错人了?

“伯母,还真认不出我来了?我是沿背村的万姣。20多年前,你曾经买过一架缝纫机给我！”

龚全珍“啊”了一声，终于记起来了：“怪不得有点面熟，你就是万姣呀！那时你才30多岁，又瘦又黑，经常生病。”

万姣急忙点头：“是您老人家为我买药，效果还不错，治好了我的病！”

龚全珍感叹起来：“想不到20多年了，我们一直没见过面。瞧你的身体比过去好多了，变得年轻漂亮了！”

万姣便有点不好意思起来：“伯母才返老还童了！”接着便又解释起来，“伯母，其实我一直想见见您，就是找不到您住的地方。听说你经常到平荣、仁荣家里去了，还真难找啊！想不到今天无意间却撞上了，还真个是有心栽花花不开，无心插柳柳成荫。”

龚全珍便邀请万姣上了楼。公荣正好在家，一见客人进门了，便忙着沏茶递水果。

龚全珍便指着万姣问公荣：“你们认识么？”

公荣想了片刻，终于记起来了：“你是万姣啊！”

万姣连连点头：“我就是万姣，最近也从乡下搬进县城来了。”

3个人亲亲热热、高高兴兴地闲聊了一阵子。最后，万姣起身了，她说天色不早，得赶回家。一边解释，一边解开带上楼的那个蛇皮袋子，从里面拿出一些干鱼和20多个鸡蛋放在桌子上说，鱼是自家池塘里的，蛋是自家喂的鸡生的，因为吃不完，今天捡到城里来卖，就剩下这些了，正好做个顺水人情。

龚全珍便笑呵呵地吩咐公荣收下，但一定要给钱。

“给钱？”万姣大吃一惊，“给钱就不送你们！”说完，夺门而出，逃跑似的奔下楼去。

龚全珍急得直呼："万姣，万姣，等一等，等一等！"

万姣装作什么也没听见。急忙推门而出，匆匆下楼去了。等到公荣追下楼去时，早已不见了人影。

几天以后的一个中午，万姣全家人刚刚吃过午饭，突听见外面有人敲门。开门一瞧，竟是龚全珍和甘公荣。万姣顿时又惊又喜，高高兴兴地将她们母女俩迎进客厅，十分热情地招待。

双方坐定后，兴致勃勃地寒暄一阵子后，龚全珍母女俩才起身告辞。

万姣将她们送出门外后，回到客厅一瞧，发现桌上还留着龚全珍带来的一个塑料袋。打开一看，原来是一套崭新的小孩服装，她便立刻明白是怎么一回事了，自言自语："这人怎么这么好呀！"

29

母亲大义女传承

孩子，不要哭，化悲痛为力量，挺起胸膛，面对挑战！天塌下来有奶奶和阿姨替你撑着！

我这样带个头，就是希望有更多的人跟上来，众人拾柴火焰高。只要人人都献出一点爱心，这世界就会变得更加美好！可惜妈妈年纪越来越大了，已经没有力气去做些什么惊天动地的大事，我只能倾我所有，尽我所能，去干些力所能及的事。

傍晚，龚全珍拖着疲倦的身子回到家里，上楼时一步三喘，累得上气不接下气。好不容易来到自己家门口，开门以后便跌跌撞撞地一头栽进沙发里，什么都不想干了，闭目养神。

直至听到有人进屋的脚步声，龚全珍才勉强睁开了双眼，一瞧是女儿公荣回来了，便勉强坐起身子。

公荣见状，便关心地走上前来问道："妈，您不舒服？"

龚全珍微微摇了一下头，低声说："累了。"

公荣急忙递上一杯水，龚全珍喝了一口，慢慢坐正了身子。

公荣又问："今天又下乡了？"

龚全珍点头："与关工委的刘主任和孙主任去了趟湾溪小学，看望郭艳兰。这孩子还真可怜，家庭这么贫寒，爹娘残的残，病的病，石头见了都要掉眼泪，没办法，只好又给了她家三百元钱。”

公荣便笑道：“妈妈够侠义心肠了，东家要捐款，西家要施舍。可就凭您一个人单枪匹马，即使浑身是铁，又能打多少钉子呢？”

龚全珍便长叹了一声：“可不，我这样带个头，就是希望有更多的人跟上来，众人拾柴火焰高。只要人人都献出一点爱心，这世界就会变得更加美好！可惜妈妈年纪越来越大了，已经没有力气去做些什么惊天动地的大事，我只能倾我所有，尽我所能，去干些力所能及的事，直到有一天不能再动了，灯尽油枯了，也就算了。”

母女俩就这样闲聊了一阵，突然，茶几上的电话铃响了。龚全珍拎起话筒一听，是关工委孙主任的电话，她听了好一阵子之后，才缓缓放下来，随之发出了一串沉痛的叹息声。

“妈，发生什么事了？”公荣见状慌忙问道。

龚全珍忧心忡忡地答道：“关工委孙主任来电话，说刚刚看到今天的《萍乡日报》，上面刊登了我们县有 4 名家境贫困的学生，急需社会扶助。其中湖上中学有位叫李剑平的同学，家庭尤为困难，他的父亲患癌症去世了，母亲又瘫痪在床，日子过得好不艰难，急需雪中送炭啊！”

公荣也叹息道：“虱婆叮穷人，为什么偏偏是这样的家庭多灾多难啊？”

龚全珍紧盯着女儿凝视了片刻，突然提出了一个问题：“公荣，妈妈一个人的工资有限，而且已经承担了几个贫困生的负担，你能不能帮妈妈一把，替我分担一些？”

公荣立即爽朗地回答：“妈，女儿也正好有这个想法。就像您刚才说的，只要人人献出一份爱，这世界就会变成美好的人间。我愿意向您学习，为这个社会奉献自己的微薄之力！您就吩咐吧，我坚决照办！”

龚全珍兴奋地从沙发上站起来:“好！不愧是甘祖昌的后代！我们甘家的后代,不能给前辈抹黑。要老老实实做人,勤勤恳恳干事,力所能及地多帮助人！这样吧,我们母女明天就去湖上中学看望这个贫困学生。”

第二天,龚全珍母女俩在县关工委孙主任的陪同下,一起来到了贫困山区的湖上中学。

一提起李剑平的名字,班主任就不住地叹息:“这同学真可怜,父亲刚刚去世,母亲因严重的类风湿性关节炎一直瘫在床上,必须经常请假回家照顾母亲,看样子不想来读书了!”

龚全珍一听急了:“绝不能让他辍学,现在我们就上他家看看!”

于是,班主任前头引路,一行人来到了李剑平家。

就像所有的贫困家庭一样,这个不幸的家庭同样破烂不堪,家徒四壁。龚全珍见状,眼角又湿润了。

班主任便向李剑平母子俩介绍道:“这是甘将军的夫人龚校长和她的女儿甘公荣,以及关工委的孙主任,一起前来看望你们来了。”

病怏怏的李母躺在床上,用微弱的声音疑问道:“将军夫人怎么上我家这肮脏的地方来了？是走错人家了吧?”

班主任解释道:“不是,人家母女俩是特意为你家排难解忧,资助你儿子上学来了!”

李母凄然一笑:“那就要烧八辈子高香了!”

甘公荣便递上随身带来的一些补品放在病人的枕头边,李母自然又是一番千恩万谢。

龚全珍早已将李剑平拉过旁边,详细地询问了一番,然后指着甘公荣告诉他:“孩子,今后这位阿姨就和你结成了 1 +1 的帮扶对子,以后不管碰上了什么困难，她都会想办法替你解决。”

李剑平茫然地望着龚全珍有点将信将疑：“奶奶，这位阿姨是？”

龚全珍笑道：“她是我女儿，叫甘公荣！”

说话间，甘公荣便也走过来了，将一大包文具用品递到李剑平手中，笑盈盈地说：“剑平同学，我已经与你们学校联系好了，你的学习费用学校全免了，你的生活费用我每月资助100元，如果今后还有其他困难到时再说。只要你安心学习，以后读高中，念大学的费用我全包了。”

李剑平听了，感动得要掉眼泪：“谢谢……谢谢……阿姨！”

临走，甘公荣又将自己的手机号码留给了李剑平。

出门时，背后又传来李母吩咐儿子的声音：“孩子，明天一定要去学校上课，要是辜负了人家这般深情厚谊，我就是在九泉之下也会羞愧万分啊！”

龚全珍听到这话抿嘴笑了，轻轻夸奖女儿道：“公荣，你可做了一桩功德无量的好事！”

甘公荣也笑了：“比起妈妈，女儿就显得十分渺小了，我只不过是刚刚起步！”

孙主任感动得大笑了：“老子英雄儿接班，母亲大义女传承。你们还真是爱心母女，善莫大焉！”

以后，每隔一段时间，甘公荣便要去一趟湖上中学和李剑平的家里，了解情况，嘘寒问暖，慷慨解囊，解决一些实际困难。

次年春天，甘公荣陪母亲去九江二姐仁荣家做客，半途上，公荣接到李剑平的电话，对方哭哭啼啼地告诉她，母亲已经病逝了，他真不知道该怎么生活下去，感到十分绝望。

龚全珍母女俩听到这不幸的消息，顿时感到十分难过。她们轮番安慰李剑平，要他振作精神，面对命运挑战，鼓励他勇敢走出生活的阴影。电话那头，传来的只是这可怜孩子悲痛的哭声。

龚全珍母女俩听得心都碎了，这天晚上在九江失眠了一夜。第二天，女儿便对母亲央求道："妈妈，你在二姐家安心住几天，我今天就得赶回莲花去。剑平这孩子才十三四岁，面对这连续的打击，幼小的心灵怎么承受得了？我必须马上赶回去抚慰他，想方设法为他解决困难，开导他向前看，看到光明，绝不能让他消沉下去！"

龚全珍当即从沙发上站起身子："公荣，你做得对，你既然与这孩子结成了 1+1 帮扶对象，你就必须帮扶到底，我坚决支持你！去吧，买好两张车票，妈与你同行！"

二女儿仁荣见状不知发生了什么事，还以为自己怠慢了妈妈和妹妹，慌忙阻拦着："妈妈，你们前脚刚进屋，后脚就要走，这究竟是怎么回事啊？"

公荣便将这事的来龙去脉全告诉了二姐。仁荣知道妈妈的脾气，只好叹了口气："你们这是浪费差旅费呢！"

就这样，这母女俩当天就踏上了返程的列车。

第二天上午刚到萍乡站，甘公荣便和妈妈打的直奔李剑平家。

李母的丧事刚刚办完，李剑平一个人孤零零地守在家中，神情沮丧，万念俱灰。他感到前途渺茫，幼小的心灵充满了恐惧。

就在这时，龚全珍母女俩突然出现在李剑平面前，这位充满辛酸的少年只觉得眼前一亮，仿佛面前敞开了一条平坦的大道。他只觉得鼻子一酸，泪水便模糊了眼眶……

"奶奶！阿姨！"李剑平扑上前去，号啕大哭。

"孩子，不要哭，化悲痛为力量，挺起胸膛，面对挑战！天塌下来有奶奶和阿姨替你撑着！”龚全珍抚摸着李剑平的头安慰他。

这无私的精神，博大的胸怀，使原本对生活失去信心的李剑平终于振作起来了。在甘公荣的扶助下，他终于读完了初中。后来考上了中专，毕业后分配在公路部门工作。这段难忘的往事在他心中留下了永恒的记忆。

30

幸福院里夕阳红

> 龚全珍望了一眼从外面络绎不绝进来看望她的人们，只好急忙吩咐三女儿："公荣，快点收拾回家去。要不，等下来的人更多了。这样打扰人家多不好意思！"

龚全珍在幸福院里住了整整3年，赢得了全院上上下下一片赞叹之声，就连周围的群众也纷纷赞不绝口："这位慈祥博爱的老太太还真少见！"琴亭小学的全体师生就更不用说了，开口闭口就是"我们的龚校长""我们的龚奶奶"，引以为荣。

"好人一生平安！"这是大家对龚全珍良好的祝愿，祝她健康，祝她长寿！

然而，天有不测风云，人有旦夕祸福。哪有吃五谷杂粮的人不生病的呢？龚全珍这个春夏之交的一天突然就病倒了。因为外出办事走热了，老人家进屋便脱了帽子和外衣，谁知就一会儿工夫便着凉了，第二天早晨竟起不了床，只觉得一阵头晕目眩，好像整座房子都在头顶旋转。她浑身乏力，就像虚脱了一般，头怎么也抬不起来，只得在床上躺了整整一天，一天的吃喝拉撒全在床上。她没有惊动别人，生怕给人家增添了麻烦，只管盖上被子闷睡。

在昏昏沉沉中，龚全珍似乎又回到了刚进幸福院的这天，特意走进隔壁莲花县烈士纪念堂，在甘祖昌的遗像前伫立了许久，嘴里一个劲地默念着："祖昌，我亲爱的战友，我现在每天都可以和你在一起了！祖昌，你知道我来看你了吗？"

"祖昌，我真的到幸福院来了。这条路是你指的，我也认为是最适合我的地方。认准了方向我会百折不挠，一直走到底！我将为你的战友和他们的家属服务，当光荣的义务服务员。"

一会儿，她似乎又梦见了艾大姐，她是龚全珍进院时结识的第一个好朋友。艾大姐是个苏区老干部，在"文革"中遭到厄运，受尽磨难，但她始终相信党，相信群众，后来冤案平反昭雪。她悉心助人，帮助侄子、养女成家立业。龚全珍曾经想以艾大姐为原型写一篇《老区一家人》，然而杂七杂八的事太多了，静不下心来，一直没写成。前些日子，艾大姐突然大病一场，终因医治无效，不幸逝世。龚全珍十分伤感，经常嗟叹。此刻，艾大姐的身影似乎又出现在她面前，笑着问她："而今幸福院的老人死的死了，走的走了，你还呆在这里干啥？"龚全珍回答："我不能走，这里还有我的'幸福学习小组'，还有周边要好的群众朋友。"艾大姐便生气地要去拖她，龚全珍大声呼喊："我不去！我不去！"突然醒转过来了，却是南柯一梦，惊得大汗淋漓。

不一会儿，她又沉沉睡过去了。梦中突然发现天空乌云密布，马上要下大雨了。李生和老刘正在院子的晒地紧张地收煤球，忙得浑身大汗。龚全珍见状，急忙也赶上前帮忙。李生劝阻道："您这么大年纪别扭伤了腰，还是回屋休息吧！"龚全珍笑嘻嘻地回答："我也是这里集体成员之一，出点微薄之力是应该的，也活得踏实！"

又过了一会儿，龚全珍梦见自己出现在"幸福学校小组"给小朋友讲革命传统故事。正讲得起劲，突然之间海清哭哭啼啼地跑进来说自己被狗咬了。龚全珍大吃一惊,急忙带他去医院打了针,自己垫付了68元钱。

梦,一个接着一个,似乎在给龚全珍作总结似的,过了一会儿,她又梦见自己正在为那个身患重病的贫困妇女刘义妹四处奔走,带她去医院看医生。取药时,医生建议她用自己那本离休干部医疗手册替对方缴医药费。龚全珍一想不对头,不能为省这千余元钱丢掉自己的党性,毫不犹豫地决定自己付款。医生夸她原则性真强,龚全珍义正词严地回答,帮助别人也不能假公济私……

一会儿,又梦见南门村的那个妇女主任陪着她在附近的人家访贫问苦,介绍种植经验,让龚全珍学到了不少农业知识……

终于梦醒了,龚全珍睁眼一看,太阳已经西斜了,自己在床上躺了整整一天。落日的余晖从窗口洒了进来,映得她的房间一片红彤彤的,十分耀眼。

龚全珍便想爬起来,还是浑身乏力。她便苦苦一笑,总不会就这样去见马克思了吧?

就在这时,女儿甘公荣从外面闯了进来:"妈,您怎么一整天没与我通个电话?"还没等龚全珍回话,她似乎闻到了房间里有股异味,随即又嚷嚷起来,"妈,您生病啦?"

龚全珍点点头,苦笑:"躺了整整一天,感冒了!"

甘公荣埋怨道:"这么大年纪还像个细伢子!感冒了也不去看医生!就是起不了床,也得打个电话给我啊。"

龚全珍还想做解释,女儿已经摔门出去了。不一会儿,来了好几个女人,大家七手八脚替龚全珍洗干净了身子,然后把她背出了卧室,扶进了停在门口的一辆红色的士,然后直奔县人民医院。

医生一量血压,不由大吃一惊,血压竟上升到190。

女儿生气地责备:“妈,您这是怎么搞的,不要命了?”

龚全珍喃喃自语:“看来血压上升的主要原因可能是忙过头了,再加上吃药不规律。以后注意就是了。”

女儿很生气:“妈,出院以后您必须搬回我家里住,绝不能再留在幸福院了。要不然一个人关在一间屋子里,有个好歹,什么人都不知道!”

龚全珍一听可急了:“不行,我不能离开幸福院!”

女儿冷笑一声:“还有什么舍不得的么?”

龚全珍嚷道:“舍不得的多着哩! 那里还有几个老伙伴,还有我的‘幸福学习小组’,还有和我玩得好的左邻右舍,还有……”

“算了,算了! 别穷唠叨了!”女儿第一次以武断的口气打断了母亲的辩解,斩钉截铁地宣布,“我已经与大姐、二姐和小妹都通了电话,大家都统一了意见,绝不让您回幸福院去!”

龚全珍也生气了:“那可由不得您,腿在我身上!”

甘公荣气出眼泪来了,掉头冲出病房走了。

不一会儿,四女儿吉荣来了,进门便大声嚷着:“妈,您病了我们都不知道,真是气死人啊!”

龚全珍笑了:“妈不是好好地活着吗,你们着什么急?”

吉荣撅起嘴巴批评道:“不听女儿的话,自作自受,自讨苦吃!”

龚全珍针锋相对:“我将心血向民酬,无怨无悔心坦然!”

吉荣又好气又好笑了:“看来您这胳膊还真要拧过大腿了?”

龚全珍也笑了:“咱们骑驴看唱本——走着瞧!”

话声未毕,枕边的手机响了,一按键,从里面传出来大女儿平荣的声音,满屋子的人都听得见:“妈,您生病了? 究竟怎么样了?”

龚全珍连声说："小感冒，不要紧，不要紧！"

"好了就搬回公荣家里住，绝不能再回幸福院！"

"都来算计我了！"龚全珍气呼呼地将手机一挂扔一边，不一会手机又响起来了。一接听，是二女儿仁荣的声音，这会没等对方发话，龚全珍便抢先了，"仁荣，我知道你问妈的病来了，告诉你，小感冒，全好了，用不着草木皆兵！"

手机那头传来仁荣清晰的声音："妈，没什么大问题我就放心了。您还是听听大伙的劝告，尽快搬回家里来，大家也好孝敬您。"

"知道，知道。"龚全珍听得不耐烦了，打断了女儿的唠叨，"我都七老八十的人了，不是小孩！"

意见不合，心里自然有点不舒服，公荣送来的早餐龚全珍不想吃。在女儿的逼迫下，勉强啃了一个馒头。

不一会儿，前来看望龚全珍的人络绎不绝，有县委、县政府的领导，也有关工委、老干局的负责同志。

寒暄一番之后，领导似乎都统一了看法，恳请龚全珍接纳良言，病愈后搬回家里去，以后联系工作也方便。龚全珍只好点头答应考虑考虑。

谁知还没等她考虑妥当，幸福院院长来了，当众下起了"逐客令"："龚老，我们庙太小了，供不起您这尊大佛。不怕一万，就怕万一。要是万一有个闪失，我这小小的院长可就吃罪不起啊！而且，我们的人数也在日渐增加，房间太紧张了，恳请您老体贴下情，回家去住吧？"

龚全珍便又好气又好笑地嚷了起来："看来你们是存心与我过不去，联合起来上演'逼宫戏'啊！"

甘公荣趁势将了一军："妈，您不是常说，相信人民相信党，这会怎么不相信了？"

龚全珍望了一眼从外面络绎不绝进来看望她的人们，只好急忙吩咐三女儿："公荣，快点收拾回家去。要不，等下来的人更多了。这样打扰人家多不好意思！"

小女儿吉荣嬉笑道："妈妈终于想通了？"

龚全珍白了吉荣一眼："胳膊扭不过大腿啊！"

"哈哈哈……"病房里充满了笑声。

31

琴水扬波奏爱歌

为了这些贫困失学的孩子能重返课堂，我们就是抛头露面讨米也心甘！还记得电影《武训传》中那个武训吗？人家为筹措资金办学堂，宁愿在大街上挨人家的拳打脚踢赚钱，多么发人深省啊！

龚全珍是闲不住的老人，从医院回家后，连着休息了好几天没下楼，公荣和吉荣轮流值班，不让她外出，龚全珍感到烦闷了。更让她不安的是，平日与她联系得最频繁的县关工委、县老干局、团县委，还有几所中小学，也像断了线的风筝，没有了音讯。

反思了整整一个晚上，第二天吃过早餐以后，估摸单位上班的时间到了，她便拨通了县关工委的电话，接电话的正好是孙主任。一听是龚全珍的声音，对方便关心地问道："龚校长，身体好了么?"

龚全珍没好气地回答："死不了！"

孙主任嗅出这话的火药味，急忙小心翼翼地问道："龚校长是不是遇上了什么不顺心的事，火气这么大?"

龚全珍直截了当地说："你们这些人呀，是不是现在把我当成了包袱，准备不理我了?"

孙主任急了，慌忙说："龚校长，看您说这话的，您这杆大旗可不能丢啊！”

龚全珍鼻子里“哼”了一声：“那你们近日开展了什么活动，为什么一直不通知我参加，也不与我联系了？”

孙主任见龚全珍的火气息下去了，便放心了：“报告龚校长，这些日子没什么活动。单位上没钱，需要扶助的贫困学生太多，我们只好分头‘讨米’去了！”

“讨米？”龚全珍听懂了这两个字眼的意思，他们把找单位赞助形象地自称为“讨米”，还真够有趣的了，便扑哧一笑，“孙主任，你这讨米的任务也就分一份给我，行吧？”

孙主任吓了一大跳：“不行，不行，这可有损害您的形象，我们会挨骂的！”

龚全珍呵呵笑了：“我这么大年纪去讨米肯定比你们要得多，因为人家会买我的面子！”

孙主任在电话里没再吭声了，仿佛还在犹豫不决。

龚全珍一锤定音：“就这么定了。另外，告诉你们一件事，昨天一个乡长来看我，给了我 1000 元慰问金。这笔钱我准备带来上交关工委，用于扶贫助学。”

孙主任一听又急了：“龚校长，这笔钱是领导关心您的心意，应当用来买补品，怎么能随便挪作他用，我们可不敢收！”

“废话！”龚全珍又生气了，“就这么定了，我马上赶过来，顺便参加你们的‘讨米’行动。”

半个小时以后，龚全珍还当真出现在关工委的办公室，进门就交出了那 10 张百元大钞。关工委的几位领导互相对视了几眼，再瞧瞧龚全珍这副神态，意识到这钱还非收下来不可，只得一齐鼓掌表示感谢！

接下来，就是具体布置“讨米”计划。龚全珍要参加孙主任这一组，于是几个人便一齐出发了。

第一站来到了一个县直单位(某局)。局长正好在家，一瞧龚全珍走在前头，便急忙迎上前来，连呼“稀客！稀客！”挺亲热地招呼众人坐下来。

龚全珍首先开门见山了：“局长，无事不登三宝殿。我们今天关工委的几位老同志前来贵局一是拜访，二是打扰了。”

局长便笑了：“龚老，拜访不敢当，打扰更谈不上，有什么需要您请说了吧！”

龚全珍点点头：“行，实话实说，不再啰嗦。局长可能从电视里也看到过不少这样的镜头，我们县还有不少山区的儿童因为家境贫寒，接二连三地辍学，我看了经常掉泪。所以，我们县关工委只好代表这些辍学儿童到各单位求援，恳请大家都来献献爱心，如何？”

局长通情达理地表态了：“扶贫助学，人人有责。虽然大家都知道，我们县是吃财政饭，各单位用度都紧张得很。但在这种情况下，只有自己紧缩一下开支，挤出点资金支援你们吧！”

龚全珍一瞧这头一炮打响，高兴地咧嘴笑了，紧随着接上了话茬：“就请局长给个数吧！”

局长沉吟片刻，说：“三千，行么？”

龚全珍兴奋地站起身来：“行啊！千金不为多，四两不为少，有你们这份深情厚谊，就够了！”

孙主任接着开好了收据，局长签了字，龚全珍便随着众人起身离开。

局长拦住他们道：“几位老领导初次到我们局指导工作，中午吃个便餐再走吧？”

龚全珍连连摇手:“不用了,不用了,谢谢局长! 吃顿饭的钱就可以多资助一个失学学生了!”

一行人下了楼,都夸龚全珍是老将出马,一个顶俩。龚全珍笑着解释:“不是我有能耐,而是人家领导深明大义,慷慨解囊!”

说话间,经过金三角广场。龚全珍突然发现广场旁边有个八九岁的小女孩,正在东张西望。她内心一动,便急忙走过去,一把拦住小女孩问道:“你叫什么名字,今天怎么没去上学?”

小女孩回答:“我叫李小星,住在县城内。爸爸犯罪坐了班房,妈妈被迫改嫁了,爷爷活活给气死了。现在家里就剩下我和奶奶两个人。全靠奶奶在街上拾垃圾维持生活。昨天奶奶病了,没钱看医生,我只好不去学校了,也准备拾垃圾去了!”

龚全珍听罢,半晌没吭声。

不知什么时候,她才发现小女孩已经走了,这才喊出一声:“糟糕,还没问这孩子的学校和班级呢!”

孙主任接上话来:“这很容易,我们明天就去附近几家小学调查一下,很快就会知道!”

龚全珍难过地叹了口气:“为了这些贫困失学的孩子能重返课堂,我们就是抛头露面讨米也心甘! 还记得电影《武训传》中那个武训吗? 人家为筹措资金办学堂,宁愿在大街上挨人家的拳打脚踢赚钱,多么发人深省啊!”

众人听罢,心头沉甸甸的。接着,又来到了一家单位。

这家单位的局长可是个刺儿头,据说他是因为靠关系升上来的,所以凡事有恃无恐,不把别人放在眼里。这会一瞧见关工委的人来了,便猜出是来“讨米”的,脸上便露出了不快的神情。龚全珍瞧在眼里,不露声色。

局长见状只得强打笑脸迎上前:“龚老光临,欢迎欢迎!”

龚全珍笑道:“我不是光临,我是为失学儿童‘讨米’来了!”

局长便面露难色:“龚老,您可能还不晓得,我们这些单位都是清水衙门,连工资都发不出哩!”

龚全珍轻轻一笑:“是么?能不能少请一顿客,少喝一瓶酒,奉献一点爱心呢?”

局长便脸红了:“谁说我们只知道请客、喝酒?我们请客、喝酒也是为了工作,值得大惊小怪吗?”

话不投机半句多,龚全珍只得拂袖而起,引着众人离开。背后还传来那局长的嘀咕声:“这么一大把年纪,这么有身份的人还抛头露面出来‘讨米’,真有损了老干部的形象!”

龚全珍不由一愣,还真想扭过身去训斥他一顿,讨还个公道。可转念一想,比一百多年前那个为了办学而遭受凌辱的武训,自己受的委屈可轻多了。于是,装作什么也没听见,昂头挺胸地走了。

一行人路过琴水河畔,听着河水哗哗地拍浪声,关工委的一位同志有感而发:“这可是龚老奏出的爱心之歌啊!”

当天晚上,龚全珍在自己的日记里,记下了这么一段无奈的文字:

今天上午,刘、孙两位主任和我一起去“讨米”。走了几个单位,多数答应给千把块。我想假如我自己有十万八万,我就全包了,何必求爷爷告奶奶。

32

热血育苗爱国志

十年树木，百年树人。浇树要浇根，对后代的教育就必须从小抓起。通过言传身教，帮助他们走上正确的道路。

为报答各级领导对我的关心爱护，今后一定更要致力于教育好下一代的工作。

这些日子，龚全珍忙得够呛了。因为爱国主义教育活动在全县中小学开展以来，她成了主角，一直在城乡中小学之间奔波忙碌。今天在这

龚全珍与小学生在一起。

个乡,明天又在另一个乡;上午在一所学校,下午又在另一所学校。就像演员赶场一样,来去匆匆。关工委的同志担心她的身体吃不消,劝她注意休息。她却轻松一笑:“没事,生命在于运动。我这不也是锻炼身体么?”在学校里,她给学生讲革命传统,讲有关香港回归祖国的历史知识,讲中国人民经历“八年抗战”的艰苦斗争……她用生动的事例吸引了一颗颗幼小的心灵,就像甘霖雨露一般,随风潜入夜,润物细无声,使学生们通过“忆苦思甜”的对比,更加珍惜今天来之不易的幸福生活。

龚全珍常说,“我们这代人,是自己走出一条路;第二代就要扶着,带出一条路;第三代还要抱着,这不能不使我们担忧了。十年树木,百年树人。浇树要浇根,对后代的教育就必须从小抓起。通过言传身教,帮助他们走上正确的道路。”

在和孩子们的交流中,龚全珍发现孩子们喜欢生动直观、寓教于乐的教育方式,于是萌发了办漫画展的念头。这个想法得到了关工委和不少老师的支持。于是,龚全珍又为之忙开了。

“喂,老同学吗?我想请你帮个忙,能不能想办法替我收集一些适合儿童看的漫画,寄给我办个画展如何?……”龚全珍为求助把电话打到了数千里之外的昔日西北大学的同窗。

“仁荣啊,这些日子你要抽空去图书馆查阅一些资料,复制一些儿童漫画给我,务必在近期寄出。”对自己的女儿,她几乎是用命令式的口吻催办。

接着,龚全珍的身影又开始经常出现在县图书馆的阅览室里,经常是早晨进馆,晚上出馆,中餐两个馒头带在身边。戴着老花眼镜在里面翻查漫画资料。

经过一番紧张的筹备,终于收集到了近百幅漫画作品。这年的国庆节前夕，龚全珍终于给全县的中小学生献上了一份特别的礼物——“未成年人思想道德教育漫画展”。

龚全珍把这些作品编制成“鲜艳的红领巾”“遗憾的家教”“社会的责任”“引导、教育、思考”等九大版块。

由于这些漫画内容丰富，涉及学习、生活、做人等各个方面，而且作品风趣幽默，通俗易懂，寓教于乐。所以画展深得学生们喜爱，参观者络绎不绝，大受欢迎。

在县城学校展出以后，为了进一步扩大教育面，在县关工委的协助下，又开始在乡下的学校里巡回展示，龚全珍亲自担任了讲解员，为孩子们讲解每一幅作品的含义，孩子们听得聚精会神，那场景实在令人难忘。

2000 年，龚全珍又被评为“全民国防教育先进个人”，她感到肩负责任的更重大了。

她永远忘不了 1995 年那桩难忘的往事。

那天下午，县委组织部的一位刘科长带着一份表格登门拜访来了。组织部刘科长进门便笑容满面道：“龚老，恭喜您了！”

龚全珍回应：“喜从何来？”

刘科长解释：“祝贺您要应邀赴京参加中央即将举办的‘纪念抗日战争胜利 50 周年座谈会’。”

龚全珍愕然：“你们搞错了吧？这样的会议应该是请那些参加过与日寇浴血奋战过的老八路参加，而我又没有打过日本鬼子，有什么资格参加？”

刘科长继续解释：“龚老，这是上级领导定下来的。因为您是一名优秀的共产党员，一直在宣传中国人民抗日战争的伟大成就。”

龚全珍摇摇头：“就因为这？可我还是感到内疚。”

龚全珍与小学少先队员在一起。

刘科长递上表格继续做她的思想工作:“龚老,您就别客气了,服从组织的安排吧!”

送走这位客人后,龚全珍的心情一直难以平静下来,总觉得自己仿佛做了什么亏心事似的。

说实话,龚全珍还真想再去一趟北京,看一看祖国的首都。她已经20多年没上过北京了,只是在电视里看到它的巨大变化。这次无意中得以如愿以偿,岂不喜煞人!但转念一想,自己日后倘若见到了当年打日本鬼子的老八路,会不会愧对他们呢?要是对方问一句,你在抗日战争中做过什么贡献?怎么回答?

实际上将有幸见到那么多抗日英雄,龚全珍还是十分期待的。就这样，龚全珍一直处在兴奋和矛盾的煎熬中。

这天晚上，她失眠了。

10天以后，龚全珍服从组织安排，踏上了北上的列车。

使龚全珍感到十分兴奋的是，在会议报到的第一天，她便见到了来自全国各地的英模人物，其中有山东的爆破大王，有八路军、新四军、东北抗日联军、东江纵队的老战士，有坚持敌后抗战的游击队员、民兵和支前模范，也有抗战英雄的遗孀。真是济济一堂，群英荟萃。

龚全珍突然发现旁边有位老年人似乎有点面熟，想了大半天，还是记不起来，便冒昧地问道："请问您老尊姓大名？"

对方爽朗地笑了："河北张波。"

龚全珍也拍手笑了："怪不得这样眼熟，我在画报上见过您，您是电影小兵张嘎的原型！"

张波便双手合掌，幽了一默："阿弥陀佛，电影是电影，我可不敢对号入座！"接着又问龚全珍，"大姐何方人氏？"

龚全珍回应："江西省莲花县一介离休教师。"

张波猛地也像记起了什么似的："听说早先年间，江西出了一位当农民的将军，是不是贵地人氏？"

旁边有认得龚全珍的工作人员便哈哈大笑起来："张大爷，您还真问得巧极了，将军农民甘祖昌的夫人远在天边，近在眼前啊！"

张波大吃一惊，赶紧抱拳作揖："恕罪，恕罪！久仰你们夫妇大名，今日终得一见，三生有幸，三生有幸！"

龚全珍便有点尴尬起来，急忙解释："他是他，我是我。我可不能星星伴着月亮走——沾光哟！"

张波便哈哈大笑："您太谦虚了，俗话说杨宗保挂帅——阵阵离不开穆桂英！甘祖昌将军当农民无疑离不开您的支持，所以说这军功章必然有您的一半！”

众人便拍着巴掌，随声应和：“说得好极了！”

这时，工作人员大声打起了招呼：“中央领导同志看望各位来了！”

果然，只见平日在电视中看到的中央领导同志出现在大伙面前，微笑着挨个和大家握手问好。

其中有位领导走过龚全珍身边时稍微停顿了一下，握手问道：“您是不是……”

龚全珍马上接过话头：“我是甘祖昌的爱人龚全珍！”

对方记起来了，连连点头：“不错，我曾经到过您家，一晃就是几十个年头了，真是人生易老天难老啊！”

龚全珍热泪盈眶地表示感谢：“谢谢首长的关怀！”

座谈会开始了。中央领导讲过话以后，接着代表们开始发言了。来自祖国四面八方的英模人物一个接着一个地抢着向中央领导汇报。轮到龚全珍发言了，她十分激动，汇报了自己跟着甘祖昌将军建设老区的经历，赢得了与会者一阵又一阵的热烈掌声……

……领导的讲话和关怀，使我感到十分亲切，深受教育鼓舞，这是我最大的荣幸。为报答党和各级领导对我的关心爱护，今后一定要致力于教育好下一代的工作。

龚全珍从北京开完“纪念抗日战争胜利 60 周年座谈会”后，满怀激情地在自己的日记中又记下了上面这一席话。

33

“工作室”温暖人心

我的身份并不特殊，但我有一份特殊责任。

我是一名共产党员，位卑未敢忘忧国。国家有难，匹夫有责。现在举国上下支援灾区，一捐再捐，我心里始终不安，总觉得自己没有尽到一个共产党员的义务。

琴亭镇金城社区的二环路上，两个男人正在红眼鼓鼻地干仗，双方争得面红耳赤。其实他俩都是从乡下的深山老林里搬迁过来的，原来也是同一个村的，都是姓刘，人称大刘和小刘。在这里建房以后又成了邻居，本来关系挺不错的。谁知从去年开始，双方为了争夺一块菜地竟然翻了脸，经常大打出手，影响极坏。社区干部三番两次地为这两户人家调解，均未奏效。想不到今天“火山”爆发了，众人劝不开，便有人提议去找“龚全珍工作室”解决问题。

大刘和小刘一听到“龚全珍工作室”这几个字眼，便都不吭声了，最后悄悄地各自溜走了。

这究竟是怎么一回事？说来话长。

原来龚全珍一直居住在琴亭镇社区，组织关系也落在琴亭镇离退休干部党支部内。2011 年，考虑到龚全珍已经进入 88 岁高龄了，不宜再东奔西跑地下乡操劳，所以县关工委和琴亭镇党委研究后，便在社区成立

龚全珍为入党积极分子作革命传统教育报告。

了一个“龚全珍工作室”，以方便她工作。龚全珍每周都会来这里，或与党支部开展活动，或与群众沟通交流，帮助他们解决思想和生活上的问题。仅仅1年时间内，她就在这工作室里开展革命传统和理想信念道德教育30多场。在她的感召下，不少离退休党员，也纷纷自觉加入了志愿者队伍，经常上街下乡，为群众做好事，解难题。

记得龚全珍刚来工作室上班时，有的老党员为了尊敬她，便称呼她为将军夫人。龚全珍笑着纠正道：“叫我老龚就行了。我的身份不特殊，但我有一份特殊责任。”同时，还经常叮嘱党支部的成员，“身为党员，心里要永远装着老百姓，装着群众。以后你们发现社区谁家有困难，要及时告诉我，我看看能否帮上点小忙？”

才来几天，当她听说社区的老党员刘青松一直病魔缠身，而且经常卧病在床时，她便三天两头地朝这困难党员家里跑，嘘寒问暖，解囊相助。刘青松不幸逝世后，她又继续接济他的老婆彭媛娥。总之，只要她发现哪里出现了贫困户，哪里便会有她的身影。

正是她的大爱无私精神，正是她这种言传身教的行动，深深地感染了社区的群众，从而也在群众中树立了榜样和威信。

所以，这次大刘和小刘在二环路上为争园土准备大打出手，而在场旁人劝不散的情况下，有人搬出了龚全珍这块招牌，大刘和小刘果然怯场了，急忙鸣金收兵，各自退回家中去了。

当有人把这事情反映到龚全珍的工作室时，她正在四处张罗，为新疆阿勒泰发生的雪灾，号召党支部的同志带头捐衣、捐款。

这些年，各地的自然灾害连续不断，尤其是地震经常发生。龚全珍总是热心参与各种救灾活动，捐款一次又一次。党支部的所有党员都记得，四川汶川大地震时，在组织上没有对离退休党员提任何要求的情况下，龚全珍却找到了党支部书记要求缴纳特殊党费。党支部书记向龚全珍解释道："龚老，您的工资并不高，而且也捐了这么多钱，我看这回就算

龚全珍热心于所在社区的辅导员工作。

了,我们国家也不差您这点钱。”

龚全珍不以为然:“我是一名共产党员,位卑未敢忘忧国。国家有难,匹夫有责。现在举国上下支援灾区,一捐再捐,我心里始终不安,总觉得自己没有尽到一个共产党员的义务。这次我捐2300元特殊党费。”

党支部书记感动了,从心里深处喊出了一声:“龚老,您真是我们党支部永不退色的金子招牌啊!”

可这一次新疆阿勒泰发生的雪灾,有关单位只号召捐款,不提倡捐物。龚全珍可想不通了。物资不也是钱购买的吗?为啥不能捐。行,你们怕麻烦,我们自己来。自己带头从家里翻出来挺干净的棉被和衣服,带头捐赠。在她的影响下,大家纷纷效仿,几天下来,捐赠的物资足足装了七个麻袋,一并寄往灾区,光邮费就花了640元。邮递员感动地说:“你们寄出的不是物资,而是老区人一颗颗火热的心啊!”

办完这些事以后,龚全珍和党支部书记才感到自己肚子咕咕叫了,这才记起自己还没用午餐。龚全珍便掏钱在摊子上买了几个包子,两个人一起填饱了肚子。

龚全珍摸了摸嘴巴,问党支部书记下午的工作安排。

党支部书记哼了一声:“下午我们两个人一起去剃个刺头!”

龚全珍不明白是怎么回事,双眼直盯着对方。

党支部书记便把今天早上发生在二环路上的那场争吵说了出来,并告诉龚全珍,这个“老大难”的问题闹了好几年,一直没解决好。

龚全珍嘿嘿笑了:“不是有句俗话说,猪头煮不烂,捅火再加炭。我就不信,这花岗岩脑袋真的不开窍!”

两人就这样边说边走,走进了二环路的那片新宅区。在路边找了户人家坐下,然后将大刘和小刘一并叫到一起来了。

龚全珍装作什么事也没发生似的，开口竟然讲起一个故事来了：

说的是清朝年间，某地有朱、李两户人家建房，为争毗邻一墙的地基，互不相让官司打到了县衙。朱姓有本家族人在京城做大官，当即修书一封，派人送给族兄，要他与地方官联系，一定要打赢这场官司。谁知多日之后，族兄回信一封，上面只写着一首诗："千里寄书只为墙，让他三尺又何妨？万里长城今犹在，不见当年秦始皇！"

朱姓人家看罢，晓得了族兄的用意，仔细反思了一夜，第二天什么话也没说，悄悄地将自己的脚基朝里面挪动了三尺。李姓人家一瞧朱家让出了三尺，便自然不好意思了，赶紧地也让出了三尺。这样一来，就有了六尺空地。两栋房子竖起以后，就变成了一条巷子。

开始有人把这条巷子叫做"六尺巷"。后来，那位朱姓在京城做官的族人荣归故里，听说了这桩事也大受感动，于是便将这"六尺巷"重新更名为"仁义巷"。

龚全珍的故事讲完了，谁都没有作声，陷入了深沉的思索之中。大刘和小刘坐在一条板凳，更是显得局促不安，面红耳赤，只管将脑袋埋在裤裆里，一声不吭……

龚全珍一瞧火候到了，便趁热打铁："大刘和小刘啊，听了这个故事，想必你俩应当有思想触动，人家封建社会的人都有这种知错改过、互相包涵的精神，难道我们社会主义新时代的人思想还不如古人么？"

"唔……"大刘和小刘嗫嚅着，好像喉咙间卡了根刺，"唔"了半天，没"唔"出一句话来。

龚全珍心中有底了，便又因势利导地启发道："大刘啊，小刘啊！你们俩再仔细想一想，如果没有党的关怀，没有惠农的一系列政策，你们能从深山老林里迁到县城，供给你们地基建新房子么？而你们搬进城区，不但不感恩,反倒为了区区小利引发矛盾,滋事挑衅,闹得左邻右舍鸡犬不宁。你们手拍胸膛想一想,对得起党,对得起社区群众么?”

大刘的良心受到了触动,终于第一个站起来闷声闷气地表态了:“这块菜地我自愿放弃了!”

小刘紧跟着也蹦出了一声:“我也不要了!”

龚全珍紧叮了一句:“你俩是不是都在说赌气话?”

大刘和小刘异口同声地回答:“心甘情愿!”

在场的人全都鼓掌笑了。

34

待人大方对己“抠”

这可不是抠，这叫精打细算。我家老头子生前经常对我说，不该花的钱，一元一角一分都要节省；实在需要花的钱，百元千元万元都应当花。关键是好钢要用在刀刃上，钱要花在关键上。就是家大业大了，也得勤俭节约，不能大手大脚！

不管时代怎么变化，我们祖辈传下来的艰苦奋斗的传统不能变！岂不闻古人曾经留下过这样治国理家的格言：“历览前贤国与家，成由勤俭败由奢”。

一天午后，龚全珍刚刚午睡起床，女儿甘仁荣从外面一阵小跑进门就兴奋地嚷着：“妈妈，妈妈，我给您买了件好衣服，真丝的，穿上挺舒服！”

龚全珍接过手中一摸，真柔软，接着穿上一试，正合身，便不由笑眯了双眼，连连点头：“不错，不错，挺合适的！”突然她又像记起来什么似的，双眼盯着女儿问道，“多少钱？”

女儿犹豫了一下，随即马上回答：“一百多！”其实这衣服是两百多，但她知道母亲平日不愿意穿昂贵的服装，所以瞒报了一百。

谁知龚全珍一听这数目，脸色还是倏地变了：“这么贵？我不穿！”说着，当真将这件衣服从身上脱了下来。

女儿生气了，埋怨道："妈，这又不是花您的钱。是我孝敬您的一片心意。"

龚全珍依然气呼呼地："不管花谁的钱，只要是不该花的花了，我就心痛！"

女儿顶撞道："妈，您为别人花钱几百、几千，可从没见您心疼过啊？"

龚全珍火了，厉声回应："那不同，那是两码事！那叫扶危济贫，是做善事。懂么？"

母女俩说着说着，竟斗起嘴来了。最后，龚全珍干脆返回自己卧室，将门一关，不再理睬女儿了。

甘公荣消了气以后，觉得自己的言语过激，生怕伤害了老娘，便有点后悔，便想进门去向老娘赔罪。谁知在门外喊了好几声，母亲就是不吭声。喊急了，才从屋里传出一句："娘的事以后不要你管了！"

怎么办？甘公荣急了，可不能气坏了老娘啊！慌忙之中，她突然想起了老娘平日玩得要好的朋友美慧阿姨，于是立即打通了对方的电话，讲述了刚才发生的事情，央求她过来陪母亲外出散散步，消消气。美慧说话间就到了，找了个借口，将龚全珍邀到外面散步去了。

这对老姐妹十分要好，平日无话不谈。这会两人一路聊着，不知不觉来到了城厢小学大门口。龚全珍突然发现门前一个摆地摊的，周围围了不少人，看来生意十分火爆。便不由心中一动，急忙趋前瞧个究竟。原来这地摊上卖的全是便宜货。一支钢笔只要五角钱，还有小笔记本、小皮球等，也是几角钱。要在其他文具店里至少得两三块钱才能买到一件。怪不得这么多人抢购，还真是一个便宜两个爱。

美慧在旁边似乎瞧穿了龚全珍的心思，便笑着说："大姐是不是爱上了这些便宜货？要不，我陪您挑一挑？"

龚全珍便蹲下身子，自言自语道："货是便宜，可不知货的质量究竟如何？"说着，便从地摊上挑了两支圆珠笔，捡了一张废纸试了一试，只见出水流畅，字迹清晰，便高兴得连连点头，"行，不错，不错，价廉物美！"摆地摊的小伙子笑了："老人家的评价是大实话，要不，我怎么能每天销这么多的货！"

龚全珍于是在这地摊上挑了 20 支圆珠笔，20 本小笔记本，10 个小皮球，最后又挑了几把木梳子，总共花了不到 30 元，装了满满的一个塑料袋。

美慧打趣地笑道："大姐今天捡了个大便宜！"

龚全珍笑眯眯地回应："发给我家那些小孙子、小孙女、外孙子、外孙女，让他们也高兴高兴。"

美慧又问："这些小家伙还要木梳子干啥？"

龚全珍解释："木梳子是给公荣、仁荣她们的，因为她们一直用的是塑料梳子，听说对人体有害，还是木梳子好！"

美慧又笑了："您呀，对自己总是这么抠！"

龚全珍挺认真地回答："这可不是抠，这叫精打细算。我家老头子生前经常对我说，不该花的钱，一元一角一分都要节省；实在需要花的钱，百元千元万元都应当花。关键是好钢要用在刀刃上，钱要花在关键上。就是家大业大了，也得勤俭节约，不能大手大脚！"

美慧不由发出一阵由衷地赞叹："看来甘将军的这种精神真要流传万代了！"

龚全珍感叹说："可不是，平日我经常用老甘的这种精神严格要求家人，要他们继承甘家遗风，可他们有时总是忘了。这不，今天为了一件真丝的衣服，我和仁荣就怄气了！"

美慧便批评道："大姐，这就是您的不是了。公荣花的是自己的钱，而且是为了尽孝心，反倒招来您的骂，这不是太过分了吗？"

龚全珍还是摆出理由充足的样子："太奢侈了！别人怎么奢侈我管不着，可我的家人乱花钱我就要管，就要批评！因为我看不顺眼！"

美慧摇了摇头："大姐，看来您与甘将军的性格一个样，都是一根筋！"

龚全珍给逗笑了："可惜我还没学到老甘精神的一半！差得远哩！"

这对老姐妹说说笑笑地又走了一阵，龚全珍突然"哎呦"了一声，吓了美慧一跳："是不是忘了什么东西在地摊上？"

龚全珍摆了摆手："不是。我记起还要买一样东西！"

美慧又笑了："还没买够？"

龚全珍解释道："家里还有一双半新的旧皮鞋，外观都好，就是脱了点胶，我准备买支强力胶带回家去补一补。"

美慧又好气又好笑："瞧您这个样子，简直像个拾破烂的。赶明儿我去您家里清理一下，将这些破破烂烂的东西全大扫除了！"

龚全珍也笑了，含嗔道："那我就非和你拼命不可！"

美慧又叹了口气："大姐，外面的人总称赞您慷慨大方，侠义心肠，可谁也想不到，您对自己却是这样苛刻！"

龚全珍又笑了："是啊，每个人选择的生活道路不一样啊！我这辈子选择的是物质生活简朴，而精神生活充实的道路。我守住了清贫，抵御了诱惑。也许习惯成自然了，用不着大惊小怪！"

美慧便又故意数落她："大姐，您难道不知道，时代不同了，物质生活水平都在提高，您不能落后时代呀！瞧您家里，除了那台彩电，全是非常普通的家具，尤其是您卧室里的那把小椅子，锈迹斑斑，您还是舍不得扔掉。前几天又听人说，您将两条长裤改成了四条短裤，还挺高兴地说只花了10块钱，值得！您呀……”

龚全珍没让对方说完，便打断了她的话：“不管时代怎么变化，我们祖辈传下来的艰苦奋斗的传统不能变！岂不闻古人曾经留下过这样治国理家的格言：‘历览前贤国与家，成由勤俭败由奢’。又有老话说：‘勤能补拙，俭以养德，集腋成裘，聚沙成塔。’节约好比燕衔泥，浪费好比河决堤。一粥一饭，当思来之不易；半丝半缕，恒念物力维艰……”

龚全珍正说在兴头上，被美慧打断：“得了，得了，没请您上课，一大套一大套的理由，对我来说还不是对牛弹琴，您就饶了我吧！”

龚全珍呵呵大笑：“怎么样？服输了吧？”

美慧连连点头：“服了！服了！”

又转了一个小圈，快10点钟了，美慧说该回家做饭了。

于是，两人便分了手。

龚全珍辩赢了美慧，就像一位凯旋的将军那样，抱着买来的这一大包便宜东西，兴冲冲地上了楼。进门便嚷着：“公荣，妈今天可捡回来一个大便宜！”

女儿打开一瞧这些小物品，不由又好气又好笑了：“不就是一堆儿童用品嘛！”

龚全珍又问：“你猜猜花了多少钱？”

女儿清点了一下：“大概一百块钱左右。”

“错了！”龚全珍笑得合不拢口，伸出三个手指头，“还不到三十元哩！”

“哇，这么便宜！”女儿大吃一惊，随着又补充了一句，“质量怎么样？”

龚全珍挺自信地回答:“价廉物美!”

女儿不以为然地笑了笑:“便宜的东西都给您买光了!”

龚全珍反将一军:“价格高的东西都让你们大手大脚的人买光了!”

女儿笑着纠错道:“妈,这话您可就说错了,正因为价格高的东西卖不出去,所以才降价哩! 要不,您怎么会捡便宜?”

龚全珍一瞧发现茶几上刚摆上去的新鲜苹果,便又皱起来眉头:“这苹果多少钱一斤?”

女儿回答:“两块五,没超标吧?”

龚全珍连连点头,顺手拿起一个放进嘴里啃了两口,赞道:“不错,这苹果也是价廉物美!”按照她定下来的规矩,凡是超过了三块钱一斤的水果,她坚决不吃;凡是超过了一百元一件的衣服,她坚决不穿。公荣买的这件真丝衣服还一直静悄悄地躺在衣柜里,动都没动一下。

望着妈妈进了自己房间,公荣轻轻地吐出来一声:“铁算盘!”

35
未雨绸缪留遗嘱

此生惭愧的是党和国家、家人对我的关爱，我回报得太少了。平日感到自己尽力了，如今想想太少了，微不足道啊……

近些日子，龚全珍总觉得自己的身体有点不太舒服，晚上睡不着觉，双脚有点肿，走路没力气。她便突然想到自己年逾九旬了，是不是要回归自然了？自古道，黄泉路上无老少，生老病死，谁也跑不掉，自然法则。

一想到回归自然，龚全珍便又想到了"遗嘱"这两个字眼。其实早在1999年11月5日的日记里，她便拟好了一个初稿，那也是有感而发的。街对面的一位铁匠死了，天天奏哀乐，洋鼓洋号响个不停，而且还请了哭丧的，从早哭到晚，招引得路人纷纷赶来围观，门前车水马龙，热闹非凡。仿佛不是办丧事，而是办喜事。据死者家里人说，因为挑了个黄道吉日出殡，还得要热闹好几天，才能出殡。

龚全珍便感到奇怪了，发问道："人都死了，还要这么瞎折腾，岂不是糟蹋五谷，浪费钱财么？"

旁边有人冷笑道："这叫摆阔、炫耀！死者光荣，子孙荣耀，四邻称赞，显示孝道！"

龚全珍摇头慨叹："不是有句俗话说，生前没尽孝，死了莫要叫*吗?”

旁边有人接上腔:“话是这么说,可还是要遮人眼啊!要是丧事办得冷冷静静,人家就会笑话你家埋叫花子,你脸上有光么?要不,乡里还有这么一句老话,买药的钱筹不到,买棺材的钱来得飞快哩!就是这么个道理!”

龚全珍听了心里凉了半截,知道与封建伦理的卫道者论理徒费口舌,只好退出了人群。就在当天晚上,她在自己的日记里写下了这么一段遗嘱:

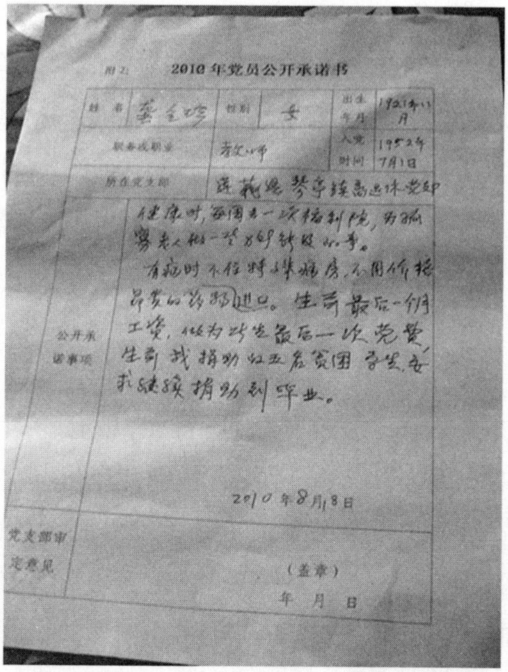
2010年党员公开承诺书

姓名	龚全珍	性别	女	出生年月	
职务或职业		教师		入党时间	
所在党支部					
公开承诺事项					

2010年8月18日

党支部审定意见

（盖章）

年 月 日

龚全珍的党员公开承诺书。

……这种陋习应当废除,我要写下遗嘱,以防万一去见祖昌,后事有个交代。

首先,还清欠公荣的钱5000元(两年的伙食费)。

其次,我是一个公民,一个共产党员,死后一切从简,不需要任何形式。死后火化,骨灰撒在玉壶山上,不要坟,不要墓,不必麻烦亲友吊唁。

---

* 哭的意思。

再次，我没有什么遗产，手头上有2万存款是为治病用的。如有余，留给后代作为读大学的补助，或捐款给县关工委资助优秀的贫困学生。

写完这段遗嘱以后，龚全珍总觉得意犹未尽。第二天傍晚，便又约了自己的好朋友美慧在广场上散步。老姐妹俩又亲亲热热地聊开了。

龚全珍首先提出了这么个话题："美慧，你说什么人最幸福？"

美慧笑了："当然是有钱的人幸福！"

龚全珍摇了摇头："不对。自古道，有钱有酒多兄弟，急难何曾见一人？"

美慧反驳道："《昔时贤文》中有句话，叫做：不信但看宴中酒，杯杯先劝有钱人。又有一说，有钱能使鬼推磨。是么？"

龚全珍又笑了："金钱不是万能，但没有金钱也确实不行。人活在世上，吃穿离不开一个钱字。至于是钱多好，还是钱少好，我看最幸福的人群，还是那些收入不高却和和美美的家庭。"

美慧茫然地望着老大姐："是吗？"

龚全珍振振有词地解释道："钱多了自己用不完，肯定要留给后代。可是后代如果是人才，定会自己创造财富，要这财富干啥？如果是败家子，留给他也会挥霍得一干二净。"

美慧听懂了，高兴得拍掌笑了："对了，《昔时贤文》里就有这么一句话：'养子强于我，买田干什么。养子弱于我，买田干什么？'其实是一个意思，我同意大姐的观点！"

龚全珍直抒胸臆："所以，我非常赞成西方人的做法，富人中的许多智者临终前总是愿意将自己的遗产捐献给慈善事业，为社会谋福利。这是我们值得提倡的，值得效法的！"

美慧幽幽叹道："国情不同，就怕我们学不来。"

龚全珍响亮地回答："好的东西，是可以借鉴的。"

接着，她又向美慧提出了一个问题："我还有个想法，在脑子里好几年了，也不知道将来能不能实现？"

美慧便问："什么想法？说出来我给您参谋参谋。"

龚全珍便吐出了心中的这个秘密："我想死后捐献遗体。因为人一闭眼睛就作废了，为什么不能把自己身上有用的东西捐献给有需要的人呢？"

美慧听得大受感动，热泪盈眶，颤声道："大姐，您可真是个大爱无疆的人，这种事可是人生大事，您得与您的孩子商量一下啊！"

龚全珍谦虚道："其实，我也是向别人学习，不过是步人后尘而已。"

美慧问："子女能照着您的遗嘱办吗？"

龚全珍自信地说："我会一个一个地做好他们的思想工作。精诚所至，金石为开嘛！"

"这就好！"

和美慧分手后，回到家里，发现孙女红梅过来了，龚全珍便笑逐颜开了："红梅，奶奶好久没有看见你了！"

红梅解释道："奶奶，你不知道我在萍乡市开了一家花店？忙着哩！好不容易抽了个空，特意回来看望您的。"

龚全珍笑了："自己创业好，自己创业好！"

红梅别转话头问道："奶奶，听说上次你曾经找过红十字会，是不是为了治疗高血脂的毛病？"

龚全珍摆头摆手："不不不，我找红十字会是想和他们签订个协议，奶奶死了以后准备捐献遗体。"

孙女听后嘟起了嘴巴，生气道："奶奶总是说这些不吉利的话！"

龚全珍正色道:“奶奶已经 90 岁了,总不能长生不老啊！说不定哪一天说走就走了哩,所以得把这事先办好！我的肝很棒,对甲、乙肝都有抗体。但必须和红十字会联系,他们是介体,可与有关此项技术的医院联系,否则有愿望也无法实现。奶奶这么大年纪,能为社会奉献的机会不多了。”

龚全珍这席话,就像一记响锤叩打着女儿和孙女的心房,在她们的心海中掀起了巨澜……

为了让自己的遗嘱在离开这个世界后得以顺利实施,龚全珍在社区的党支部大会上,她当着全体党员的面表达了自己的承诺:“……健康时,每周去一次福利院,为孤寡老人做一些力所能及的事……有病时,不住特殊病房,不用价格昂贵的进口药品……去世后,生前最后一个月的工资作为我此生最后的党费;生前捐助的 5 名贫困大学生,要求自己的子女继续捐助到他们毕业……想想自己都已经 91 岁了,超过了我的父母和哥哥姐姐们,可能距回归自然的日子不多了,我已经很知足了。此生惭愧的是党和国家、家人对我的关爱,我回报得太少了。平日感到自己尽力了,如今想想太少了,微不足道啊……”

龚全珍讲得很动情,听的人无不深受感染。

36

心路历程汇笔端

爱自己所爱，无怨无悔。我爱教育事业，爱文学，爱田野，爱自然，爱真诚的人们。我走过的道路崎岖、艰难。我一直过着清贫的日子，可是我没有遗憾，没有悔恨，心怀坦荡。只要过宁静、简单的生活就满足了。

如果我的日记对教育下一代有一些作用的话，你们就拿去吧！

更深夜静，万籁俱寂，整个世界似乎都沉沉入睡了，房间里静得连根针掉在地上仿佛都听得一清二楚。

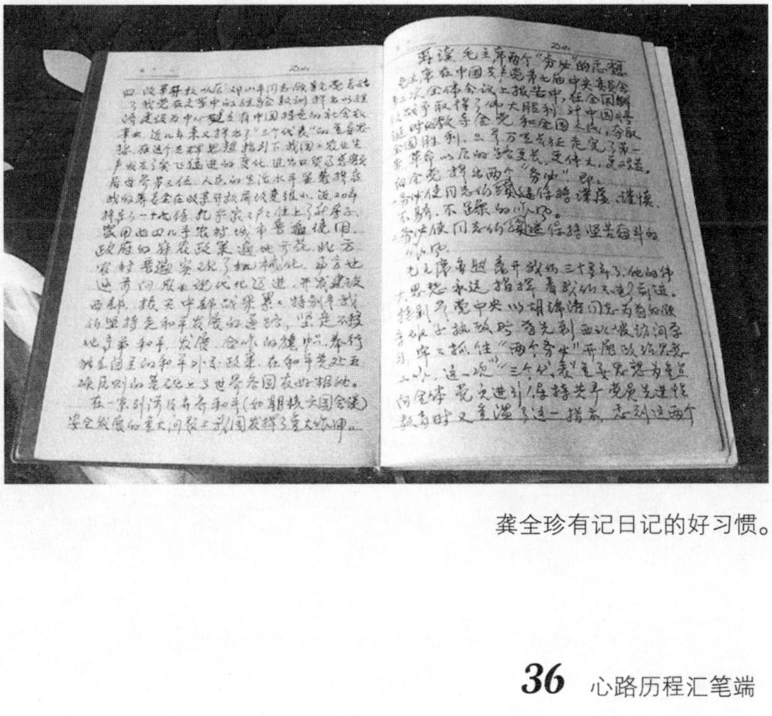

龚全珍有记日记的好习惯。

睡得正香的甘公荣突然被隔壁房间里传来一阵“窸窸窣窣”的声音惊醒了，她猛地打了个激灵，急忙推了推身边的丈夫：“金林，你听，是不是妈妈房间里的声音？”

丈夫从迷糊中醒过来，细细一听，连忙点头：“还真是妈妈房间里传出的响动。半夜三更了，为啥还不睡？”

甘公荣急忙“啪”地一按枕边的台灯，灯却没亮，停电了！她只得披衣下床，拉开房门朝隔壁的房间走去，嘴里轻声嘟囔着：“妈妈，您怎么还没睡！黑灯瞎火的，还在干啥？”

黑暗中传来龚全珍的声音：“公荣，怎么停电了？还有蜡烛么？”

公荣一听，愣了：“有什么大不了的事这么重要，难道天不会亮？”

随着“吱呀”一声，龚全珍打开了房门，解释道：“你难道不知道妈的这个习惯，心中有事没记日记就睡不着觉。近两天没写半个字，失眠了！”

女儿一听，又好气又好笑：“是不是又来灵感了？”

龚全珍挺认真地回答：“还真是这么回事，不赶快记下来，恐怕等到天亮以后就忘记了。唉，人老了，忘性大！好记性不如烂笔头，习惯了，有什么办法？”

女儿似乎理解了母亲的心情，只好提醒她：“蜡烛好久没买了，我去找应急灯吧？”

龚全珍点头：“快去！”

女儿很快从厅堂里找来了那盏应急灯，一按，便射出了一柱雪亮的灯光。

龚全珍顿时笑眯了眼，连声说道：“好，好！”从女儿手中接过那盏应急灯，连忙地回到自己的卧室。女儿一直站在门口，望着灯光中母亲伏案疾书的佝偻背影，不由深深地叹了口气："还真是走火入魔了！"

此刻，龚全珍完全沉浸在自己的笔耕中，是那样的聚精会神、全神贯注。只见她戴着那副老花眼镜，一支笔在日记本上刷刷刷地写个不停，纸面上发出沙沙沙地轻微声响，就像静夜中的蚕吃桑叶时的声音。笔尖划动着，或直抒胸臆，或娓娓述说，或尖锐批评，或无奈疾呼；或记事，或记人；或有感而发，或灵感顿生……龚全珍的喜怒哀乐，所见所闻，全都汇聚在自己的笔端，倾吐在自己的日记本里。

……

根据公开出版的《龚全珍日记选》显示，她的日记始于 1966 年。正是"文化大革命"开始的那一年，急风暴雨式的阶级斗争拉开了十年浩劫的帷幕。以林彪、"四人帮"为首的反党集团在全国制造了不少骇人听闻的冤案、假案、错案，祸及无辜，人人自危。尤其是他们制造的"文字狱"，更令人噤若寒蝉。而龚全珍偏偏在这风口浪尖上，顶风而上，勇敢地拿起笔作刀枪，开始在自己的日记中为捍卫真理而战！当她这个小小的小学校长也被当作"走资派"批斗时，她终于愤怒地用文字控诉，用文字鼓励自己，在 1967 年 2 月 10 日的日记中写道：

真正的唯物者是无所畏惧的。我的心情很平静。我不怕罢官，说实话我不是当领导的材料，也不愿意，只是服从服务，不得不当。假如能白天和祖昌一道劳动，晚上当个义务教师，就谢天谢地，不胜光荣之至。

在第二天的日记里，她又作了这样的记述：一回家里，孩子们头一句就问："戴大帽子没有？""我只挂了牌子，没戴大帽子。"就是戴了，又有什么了不起。周总理不是这样讲过么："为了共产主义，别人就在头上拉屎拉尿又有什么了不起？"

在艰难困苦的日子里，龚全珍在自己的日记本里倾吐了自己满腹疑问和正义的呼声。而当残冬过后，繁花似锦的春天来临以后，龚全珍同样紧握手中的笔，与时俱进，在自己的日记中记录下了时代前进的脚步声，国事家事大事小事事事关心，录下了自己近半个世纪的心路历程。

关心国家大事，用日记形式表明自己的坚定信念和立场，是龚全珍日记中的重中之重。

1988年，当改革开放的大潮汹涌澎湃之际，由于泥沙俱下，鱼龙混杂，党内一些腐败现象开始露头时，龚全珍也为之忧心忡忡，同时也对反腐行动表达了自信和支持！她在这年9月5日的日记中做了这样的记叙：

回忆看《双叩门》这个充满乡情的喜剧。腐化、没落是发展规律吗？我不信。只要上梁正，下面歪了也容易纠正。少数腐败分子贪得无厌，挂羊头卖狗肉，影响极坏。一定要发动群众监督领导，监督党员，对腐败分子坚决绳之以法，才能形成谁都怕违法乱纪的廉洁风气。

2012年11月，党的十八大召开以后，党中央加快了反腐防腐的步伐，并采取了雷厉风行的举措。龚全珍通过电视听到了党中央的声音，看到了全国各地真抓实干的行动，老人家高兴极了，又在自己的日记中直抒胸臆。她在2013年2月9日的日记中又一次吐露了自己的心声：

今年这个年革命的氛围很浓，干部都不许开公车办私事，树正气决心大。

同年3月5日的日记中，又抒发了她同样的心情：

听说现在公款吃喝风有了新收敛，可能查得紧？执政者应当做到言必行，行必果，才算是好领导班子。

对于电视中报道的国内的天灾人祸，龚全珍每次看到以后总会长吁短叹，并在自己的日记中做详细记载。2013年4月20日，中央台播发四川雅安发生7级地震的消息后，龚全珍坐立不安，当晚在自己的日记中这样写道：

晚上，看电视报道了四川雅安发生了7级地震，100多人被泥石流淹没，人和房屋一刹那间无踪影。这次灾害真吓人。好在国家应急反应及时，人、车、物资源源不断赶过去了。中央也调出了救灾队伍，一切会好起来的。建议我们党支部也该捐钱、捐物支援灾区，我相信全国人民在党的领导下都会支援灾区同胞的。

这些日记中的字里行间，无不流露出龚全珍忧国忧民、爱国爱民的赤子之心。

大事需要关心，小事也不含糊，只要涉及原则性的问题，龚全珍都会把它记录在自己的日记里。

在幸福院的那段日子中，龚全珍曾经与一位青年就人生观和幸福观展开过一场激烈的争辩。当天晚上，她就在灯下打开日记本做了真实的记录：

……他熟悉莲花的老革命。他说："甘祖昌苦了一辈子不抵，他还叫崽女务农，耽误人家的前途，真是糊涂。"我反驳他的看法："他的物质生活虽然简朴艰苦一点，但精神却十分丰富充实。"他说："精神管什么用，现在谁还讲究精神，捞到了实惠就是好。"这是一部分青年人的思想看法，"葬送了儿孙的前途"，"家长统治不叫孩子升学的糊涂农民意识"，这是部分青年对祖昌的误解。在新疆时，祖昌从没打骂过孩子。回到农村这些年，确实除了说服外，用了点打骂教育。他那时多难呐，全部精力投入改变农村面貌，哪里有精力进行耐心细致的思想工作呢？他从来没有反对孩子们的升学，只是要凭本事考，不能要求照顾，仅此而已。他常说："干到老，学到老。"每年他都要亲自带人外出学习先进经验，买新品

龚全珍日记。

种。他从不让人照顾他的子女。

而在另一则日记中，她直言不讳地表达了自己的人生观和价值观：

爱自己所爱，无怨无悔。我爱教育事业，爱文学，爱田野，爱自然，爱真诚的人们。我走过的道路崎岖、艰难。我一直过着清贫的日子，可是我没有遗憾，没有悔恨，心怀坦荡。只要过宁静、简单的生活就满足了。

龚全珍的日记中，除了记叙这些外，还有不少家事。而这些家事同样体现了她的人格光辉。甘祖昌逝世不久，亲人们曾经张罗为龚全珍办理迁移到南昌定居的手续。龚全珍经过一番思想斗争以后，毅然放弃了去繁华闹市的念头，而愿意甘守清贫，老死山区。她在一则日记中这样写道：

……昨晚我想通了，不想麻烦组织了，何苦非要到南昌不可呢？到莲花找老干局，就在幸福院安家，岂不简单？我又不留恋城市生活，何必麻烦那么多人、费那么多劲？看来这两个月是自己给自己开了个玩笑。当然现在觉悟还不算晚。

社会上弱势群体中的小人物，在龚全珍的日记中占据的篇幅最多。他们中除了尹韵娇、赵阿姨、艾大姐以外，还有当年的贫困学生彭艳峰、李剑平等一连串的名字。龚全珍曾经为他们慷慨解囊，扶危济贫，倾心助学，留下过一连串感人的故事，在她的日记中也有详细记载。还有些不知名的受助人，其中有则日记就记叙过这么一件事：

昨天我回去拿了羽绒服被和被里被面，我想让老胡全家人过个欢乐的春节。我把发的东西（棉絮、棉鞋、袜子、被单）加上我自己的被面做成的一床被子，公荣还拿了几件衣物，再动员亲友送了几件冬衣。这些东西原本不属于我，把它们送给贫困的人是对的。这次要老胡保密，声张出去不好。告诉他要教育自己的孩子自力更生，不能靠施舍过日子。

这个“老胡”是谁？恐怕除了龚全珍，谁也不知道。做了好事不声张，不宣传，是龚全珍的一贯美德。

……

岁月如流，斗转星移。将近半个世纪过去了，龚全珍数十年如一日，一直持之以恒地坚持写日记，写了一篇又一篇，写了一本又一本，不断地记录下了时代前进的足音，见证了历史的变迁，表明了自己的心迹，丰富了自己的精神世界，而这个习惯一直鲜为人知。就像埋藏在地下的丰富宝藏，默默无闻，无人采掘。直至龚全珍的模范事迹开始见诸新闻媒体以后，《江西日报》的几位记者在龚全珍家中采访时，才挖掘到了这个“宝藏”。

龚全珍捧出自己耗尽了半辈子心血写下的 40 多本珍贵的日记本，郑重地交给了这几位记者，并留下了这么一句话：“如果我的日记对教育下一代有一些作用的话，你们就拿去吧！”

记者激动地回答：“龚老，这些日记不仅是您心血的结晶，更是您心路历程的记录；不仅是您个人的私有财产，更是党的精神财富！”

他们将收集到的这40多本日记，精心整理以后，很快在《江西日报》上公开发表了，随即在读者中引起了强烈反响。人们通过这些日记，更直接、更真实地了解了龚全珍的精神世界，感受了一名共产党员信仰的力量和本色的魅力。

“随风潜入夜，润物细无声。”毫无疑问，龚全珍的日记成了震撼人们心灵的一面镜子，在党的群众路线教育的实践活动中，无疑将成为广大党员干部潜移默化的生动教材。

37

聚焦莲花唱赞歌

你们别忘了，你们的父亲生前就说过，生不扬名，死不立碑。我和他的性格是一样的。我们夫妇相濡以沫几十载，我们的人生观和价值观已经融为一体，须臾不分了！

2013年的春夏之交，正是群芳竞秀，桃李争艳，蜂飞蝶舞，繁花似锦的大好季节。

龚全珍默默地度过了她的91岁生日后，突然名声大噪起来，新闻媒体将她尘封了几十年的往事全都搬上了党报党刊和电视荧屏，就像在一片平静的湖面上投下了一块巨石，立即激起了巨大的波澜。

先是刚刚履新的中共江西省委书记强卫同志专程来到莲花县拜访龚全珍，向她送上了火红的鲜花和热情的祝福，称赞老人家在弘扬和传承甘祖昌精神方面几十年如一日默默奉献。回到省城后，书记再次通过今视网与江西新闻广播的联合直播平台，与龚全珍老人视频对话，向这位高龄的开国将军夫人表示敬意和问候，并要求全省广大党员干部向龚全珍老人学习，学习她一生履行党全心全意为人民服务的宗旨，学习她本色不改、情怀不变的崇高品质。

接着，由《人民日报》、新华社、《解放军报》、《光明日报》、中央电视台、中央人民广播电台、《中国青年报》、《中国妇女报》等8家中央媒体和《江西日报》、江西广播电视台等省级媒体组成的新闻记者采访团共计51人，聚焦莲花县，对龚全珍的先进事迹进行了集中采访，中央和省内各主要新闻媒体陆续集中刊播了一系列关于龚全珍同志的先进事迹的新闻。

龚全珍好不容易接待完了这些记者后，感到身心疲劳极了，于是开始闭门谢客，不时陷入了深沉的思索之中。

儿女们善意地笑她："妈妈，您现在可成了高山顶上打鼓——名声在外的新闻人物了！"

龚全珍生气地批评她们："你们别忘了，你们的父亲生前就说过，生不扬名，死不立碑。我和他的性格是一样的。"

岁月交替，转眼又是半个年头过去了。节届金秋，阳光灿烂，凉风送爽。刚刚从北京参加完"第四届全国道德模范表彰大会"载誉归来的龚全珍连日来一直沉浸在激动而又幸福的回忆之中：习近平总书记在这次大会上向与会人员介绍和表扬她的那席深情话语，更使她难以忘怀。

此后，前来登门向她表示祝贺的人络绎不绝，龚全珍应接不暇。

这天晚上，她又约了自己的好朋友美慧在广场上散步。交谈中，龚全珍发现这位老朋友似乎对自己有点拘束了，便笑着问道："美慧，你为什么突然对我这样谨慎起来了？"

美慧不好意思地回答："大姐，您现在是全国闻名的人物了，中央领导都两次向您致敬，说实话，我们这些小小老百姓与您走到一起，还真有点敬畏了！"

龚全珍不由大吃一惊："你是说我在你面前摆架子了？"

"没有！"美慧回答得挺干脆，"我只是个人认为，就怕人家背后说我攀龙附凤。”

“胡说八道!”龚全珍在美慧肩上爱抚地拍了一掌,“美慧啊,就算有人不理解我,难道你也不理解这个老姐姐么?”

美慧轻轻地点着头,从内心呼出一声:“我相信老姐姐的本色不会变,永远和群众心贴着心,同呼吸,共命运!”

龚全珍自信地回答:“永远变不了! 几十年来都默默无闻地走过来了。难道到了耄耋之年还会晚节不保吗? 你放心,不仅我们老姐妹的感情改变不了,就是和其他群众的感情也依然心心相印,息息相通!”

美慧打心底里感动了:“老姐姐,有您这句话,老妹就和您永远有了共同的语言!”

就在这对老姐妹聊得正起劲时,一对青年男女与她俩擦肩而过,只听得男青年粗喉大嗓地嚷着:“……听老辈人说,三十多年前那位将军不当当农民的甘祖昌,在全国宣传得够热火! 而今三十年以后,想不到他的夫人龚全珍也给搬出来了,连中央电视台都播放了她的事迹,中央领导更是高度评价她。冰冻三尺,非一日之寒。既然这老人做了这么多默默无闻的好事,过去为啥一直没有发现? 而今就像发现了新大陆似的,这就奇怪了!”

女青年含嗔地责备对方道:“你真是个马大哈,平日不读书不看报,坐井观天,知道个啥? 人家龚老不知获得过多少殊荣哩! 什么‘扶贫助学先进个人’‘关心下一代爱心老人’‘优秀共产党员’‘全国国防教育先进个人’,还有最近由省妇联颁发的‘江西省优秀三八红旗手标兵’等荣誉称号。”

男青年恍然大悟:“原来如此,怪不得有人说过,埋在泥土中的金子一旦挖出来依然会闪闪发光,这话真不假。”

女青年深有感触："看来要实现我们的中国梦，我们这些年轻人确实要很好地向这些革命老前辈虚心学习啊！"

……

这对青年男女热烈地议论着，一路交谈着走远了。

美慧望着周围的万家灯火，情不自禁地又发出一阵由衷感慨："大姐，您瞧，不光是过路的人，还有千家万户正围在电视机议论您，称赞您啊！您已经成了全县、全省、全国的一面光辉旗帜，每一个共产党员都在把您当做一面镜子，在对照着检查自己，鞭策自己，鼓励自己！"

龚全珍急忙打断对方的话语："过奖了，过奖了，龚全珍过去是一名普普通通的共产党员，今后依然还是一名普普通通的共产党员。我只是时刻牢记党的宗旨，坚定信念，不改本色，在有生之年继续为群众的幸福富裕奉献一点儿微薄之力，仅此而已。"

美慧含笑点头："向大姐学习！"

从广场散步回家以后，龚全珍又看了一个多小时的电视，上床以后还是睡不着，脑海里像走马灯似的翻腾着一个又一个问题。自己随同将军来到江西老区后，扎根农村整整56个春秋了。而在丈夫离开自己后的27年中，她始终秉承着将军的遗志，情怀不变，本色不改，严于律己，心系群众，关爱后代，关心社区，用自己的品格和信仰书写了爱与奉献的生命赞歌！

……

龚全珍在激动、兴奋、困扰之中度过了又一个不眠之夜。直至黎明来临，她才迷迷糊糊地睡过去了，醒来以后发现金色的阳光洒满了她的卧室。

龚全珍披衣下床，伫立在窗前，迎着东方冉冉升起的红日，心中一动，想起了毛泽东的那首《咏梅》词，便不由动情地吟哦起来——

……

俏也不争春，
只把春来报。
待到山花烂漫时，
她在丛中笑。

附录　龚全珍简介

1923 年 12 月生，山东烟台人。

1938 年初中毕业，先后考入国立二十二中和国立第一中学。

1945 年以优异的成绩考入西北大学教育系。

1949 年大学毕业，参加中国人民解放军，同年加入中国共产党。

1950 年春，随军进入新疆，任教于乌鲁木齐市新疆军区八一子弟学校。

1953 年，与新疆军区后勤部长甘祖昌同志结婚。

1957 年，随同解甲归田的甘祖昌将军回到江西省莲花县坊楼乡沿背村，扎根山区任教 18 年。

1975 年，为照顾伤病复发的甘祖昌，提前退休。

1995 年 9 月，应邀赴京参加纪念抗战胜利 50 周年座谈会，受到胡锦涛同志的亲切接见。

2000 年以后，先后荣获“扶贫助学先进个人”“关心下一代‘爱心老人’”“优秀共产党员”“全民国防教育先进个人”等荣誉称号。

2013 年 4 月 1 日，刚上任的江西省委书记强卫专程赴莲花看望龚全珍同志，对她数十年如一日的默默奉献精神，给予了高度评价。

2013 年 5 月 23 日，由《人民日报》、新华社、《解放军报》、《光明日报》、中央电视台、中央人民广播电台、《中国青年报》、《中国妇女报》等多家中央媒体和《江西日报》、江西广播电视台等省级媒体组成的新闻记者采访团50余人，集中采访报道了龚全珍同志的先进事迹。

2013年5月30日，中共莲花县委通过《关于在全县开展向龚全珍同志学习活动的决定》。

2013年5月30日，江西省妇联发出向龚全珍同志学习的倡议，并授予她"江西省三八红旗手标兵"荣誉称号。

2013年6月3日，中共萍乡市委发出关于开展向龚全珍同志学习活动的通知。

2013年6月27日，中共江西省委作出关于开展向龚全珍同志学习活动的决定。

2013年9月26日，参加第四届全国道德模范表彰大会，荣获"全国道德模范"荣誉称号，受到习近平总书记的亲切接见，习近平总书记在讲话中两次向龚全珍同志表达崇高敬意。

一片冰心在玉壶

甘平荣　甘仁荣　甘公荣　甘吉荣

爸爸甘祖昌离开我们整整 27 个春秋了，在这 27 个年头里，我们的妈妈龚全珍一直坚强地传承着爸爸的精神，坚守信念，牢记宗旨，甘于平凡，微言仗义。直至耄耋之年，依然像蜡烛那样燃烧自己，照亮别人；像蜜蜂那样采蜜，为众辛苦为众忙；像春蚕吐丝那样，一心只为他人御风寒。从而，用自己的品格和信仰凸现了人性之善，党性之美。

爸爸和妈妈长相守，相濡以沫 33 载。他们不仅是夫唱妇随的革命伴侣，更是肝胆相照的亲密战友。爸爸不当将军当农民，解甲归田回家乡；妈妈放弃繁华闹市的生活，伴随爸爸千里迢迢进山区；爸爸回乡种田扛锄头，妈妈坚守山窝执教鞭；爸爸大公无私，艰苦奋斗，心系群众，淡泊名利；妈妈至善至爱，清贫廉洁，情系教育，长期奉献……爸爸和妈妈的人生观和价值观就这样逐渐融为一体，难以分割了。

然而，在我们儿时的记忆中，我们对爸爸和妈妈这种崇高的精神境界却一直很朦胧，甚至产生过误解。记得我们小时候，一家人总是聚少离多，妈妈长期在学校里教书，只有在星期日才能回家过个夜，第二天大清早便又匆匆忙忙返学校去了。而爸爸虽然天天和我们住在一起，却也很少见到人影。他经常是披着星星下田间，晚上荷锄戴月归。而我们小时候便开始学干农活，拾野粪、放牛、割草，各干各的，日常生活全靠大叔大婶关照。日长月久，竟然产生了这样一种幻觉：我们似乎和父母隔着一堵墙，感觉中仿佛是父母收养的孩子，难以享受撒娇宠爱的幸福。就为这，我们曾经向爸爸坦诚地吐露过我们的这种看法。爸爸沉默了片刻，终于内疚地叹出了一声："你们的爸爸是农业社的爸爸，你们的妈妈是学生们的妈妈。"

农业社的爸爸，学生们的妈妈，这是什么意思？

我们四姐妹转动着滴溜溜的小眼睛，互相你望着我，我望着你，就像张飞穿针——大眼瞪小眼，谁也琢磨不出这句话的含意，谁也解不开这个谜团。

直至我们逐渐长大以后，开始读懂了生活，这时才从迷糊中醒悟过来。终于明白爸爸为什么要为集体和群众日夜操劳，妈妈为什么要长期在学校献身教育事业。什么样的价值观就有什么样的人生，为了党的事业，他们一片冰心在玉壶，实在无暇顾及自己的子女啊！心有灵犀一点通。是生活逐渐消除了我们对爸爸、妈妈的误解，父母的言传身教，潜移默化的影响，是我们宝贵的精神财富。

爸爸辞世后，妈妈郑重地将爸爸生前珍藏的三枚军功章交给我们，还有爸爸的临终遗言："活着就要为国家多做事情。做不了大事做小事，干不了重要的工作，就得要做简单的工作，决不能无功受禄，不劳而获。"

接着，妈妈又不顾我们姐妹苦苦劝阻，坚持要独自长住县城的幸福院。与那里的孤寡老人在一起生活。开始，我们以为她老人家是为了摆脱孤独，但后来才发现她是在那里继续发挥自己的余热。"老牛自知夕阳短，不用扬鞭自奋蹄"。在幸福院的日子里，妈妈先后为邻近的小学生办起了一个“幸福学习小组”，辅导他们学习。还经常配合县关工委上山下乡为中小学生讲革命传统，灌输爱国主义精神教育，并不断地用自己的工资去扶贫助学，施舍行善，为群众排忧解难……

当社会上有关称赞妈妈的溢美之词传进我们的耳朵里时，当“全国道德模范”等一顶顶桂冠戴在耄耋之年的妈妈头上时，我们对妈妈有了更深层次的理解和挚爱，我们姐妹又一次感动了，情不自禁地为自己的妈妈感到骄傲和自豪。

有人曾经这样问妈妈，这样做究竟图个啥？

妈妈回答得多好啊：“不图啥！人民用小车推出了新中国，我们没有理由不为群众的幸福富裕贡献一点儿微薄之力。”“我的身份不特殊，但我有一份特殊责任！”

这是妈妈发自肺腑的话，朴实感人。

爸爸和妈妈在平凡的岗位上的所作所为，点点滴滴都闪烁着党性的光芒，凝聚着他们爱国、爱党、爱人民的坚定信念，树立了他们的理想、胸怀、境界、情操集于一身的共产党人的人生观和价值观，是两面净化人心的镜子，永远为我们传递着正能量！

妈妈在自己的日记中写道：“人生各自选择自己的路，我选择了物质生活简陋而精神生活充实的路。”作为甘祖昌和龚全珍的后代，我们将永远沿着爸爸妈妈选择的这条路，坚定不移地走下去！

今天，趁着《将军农民甘祖昌》《走近龚全珍》两部报告文学出版的机会，我们四姐妹写下了这篇文章，以缅怀爸爸甘祖昌，感恩妈妈龚全珍。感谢爸爸妈妈给我们留下了一笔宝贵的精神财富，我们将永远传承下去，进一步发扬光大。千言万语，万语千言，凝聚了我们共同的心声——

我们的爸爸妈妈是大爱无私的爸爸妈妈！

父爱如山，母爱似海。我们将珍惜这种人世间最朴实无华、最神圣博大、最刻骨铭心的父爱和母爱！

2013 年 9 月 16 日

（作者系甘祖昌龚全珍夫妇的 4 个女儿）

图书在版编目(CIP)数据

走近龚全珍 / 彭霖山著. —南昌: 江西人民出版社, 2013.10
ISBN 978-7-210-06102-1
Ⅰ.①时… Ⅱ.①彭… Ⅲ.①报告文学-中国-当代 Ⅳ.①I25
中国版本图书馆 CIP 数据核字(2013)第 202690 号

书名:**走近龚全珍**
作者:彭霖山 著
责任编辑:游道勤 王一木
书籍设计:同异文化传媒
出版:江西人民出版社
发行:各地新华书店
地址:江西省南昌市三经路 47 号附 1 号
编辑部电话:0791-88612505
发行部电话:0791-86898815
邮编:330006
网址:www.jxpph.com
E-mail:jxpph@tom.com web@jxpph.com
2013 年 12 月第 1 版 2013 年 12 月第 1 次印刷
开本:787 毫米 × 1092 毫米 1/16
印张:15
字数:179 千字
ISBN 978-7-210-06102-1
赣版权登字—01—2013—368

定价:29.80 元
承印厂:南昌市红星印刷有限公司
赣人版图书凡属印刷、装订错误,请随时向承印厂调换